菊太郎あやうし

剣客同心親子舟

鳥羽亮

時代小説文庫

角川春樹事務所

目次

菊太郎あやうし

剣客同心親子舟

第一章　凶刃

一

神田川の土手際に植えられた柳の枝が、サワサワと揺れていた。

五ツ（午後八時）過ぎだった。そこは、神田川沿いにつづく柳原通りである。日中は人通りの多い柳原通りも、いまは人影もなく、ひっそりとしていた。聞こえてくるのは、柳枝を揺らす風音だけである。

「すこし遅くなりましたな」

そう言って、庄兵衛《しようべえ》がすこし足を速めた。

「旦那さま、足元にお気をつけて」

手代の留次郎《とめじろう》が、手にした提灯《ちようちん》を庄兵衛にむけた。

庄兵衛は、神田須田《すだ》町にある呉服屋、松沢《まつざわ》屋のあるじである。今日は柳橋にある料理屋で、懇意にしている客と飲んだ帰りだった。

前方に神田川にかかる和泉《いずみ》橋が見えてきた。月明かりのなかに、橋梁《きょうりょう》が辺りを圧するように黒く横たわっている。

ふたりは神田川にかかる新《あたら》シ橋を渡り、柳原通りに出てから須田町にむかったのだ。

柳原通りは古着屋が多いことで知られ、通り沿いには古着を売る床店《とこみせ》が並んでいるが、どの店も商いを終え、葦簀《よしず》がまわしてあった。

ふたりが、和泉橋のたもと近くまで来たとき、

「旦那さま、柳の陰にだれかいます」

留次郎がうわずった声で言った。

見ると、土手際に植えられた柳の樹陰に人影があった。ただ、樹陰は闇が深く、男か女かも分からなかった。

「夜鷹《よたか》でしょうよ」

庄兵衛は足もとめずに歩いた。

柳原通りは、夜になると夜鷹があらわれ、通りかかった男の袖を引くことでも知られていた。

庄兵衛と留次郎がたもとに近づくと、樹陰から人影が通りに出てきた。男である。

「お、お侍です！」

留次郎が声を震わせて言った。

手にした提灯が激しく揺れ、ひかりの輪が夜陰のなかに飛び散った。庄兵衛も、その場に凍りついたようにつっ立ち、目を剝《む》いて身を顫《ふる》わせた。

樹陰から通りに出てきた男は小袖に袴《はかま》姿で、大刀を一本落とし差しにしていた。牢《ろう》人《にん》のようだ。

牢人は左手で刀の鍔元《つばもと》を握り、足早に庄兵衛たちに近付いてくる。

「つ、辻斬《つじぎ》りだ！」

庄兵衛がひき攣《つ》ったような声で叫んだ。

ワアアッ！

留次郎が喚《わめ》き声とも悲鳴ともつかぬ声を発し、反転して逃げようとした。

庄兵衛も、留次郎につづいて逃げた。

だが、ふたりの足はすぐにとまった。いつあらわれたのか、前方に男がひとり立っていたのだ。

町人体《てい》だった。闇に溶ける茶の腰切半纏《こしきりばんてん》に股引《ももひき》姿、黒布で頰《ほ》っかむりして顔を隠していた。男は匕首《あいくち》を手にしている。その匕首を、顎《あご》の下に構えていた。その姿は、闇のなかで牙を剝いた狼《おおかみ》のようだった。

そのとき、留次郎が手にした提灯を足元に落とした。激しい恐怖で手が震えたせいらしい。

ボッ、と提灯が燃え上がった。その炎が辺りを明るくし、近付いてくる牢人と町人を浮かびあがらせた。

「た、助けて！」

留次郎が声を上げた。

庄兵衛は、その場につっ立ったまま激しく身を顫わせている。

牢人が庄兵衛の前に立ち、ゆっくりとした動作で抜刀すると、だらりと刀身を垂らした。下段というより、ただ刀身を下げただけに見えた。牢人にひとを斬る気魄《きはく》が感じられず、ぬらりと立っている。それがかえって不気味だった。

町人体の男は、留次郎の脇にまわり込んだ。匕首を手にしたままである。

燃え上がった提灯の炎が萎《しぼ》むようにちいさくなり、ふたたび四人の男を夜陰がつつんでいく。

「か、金なら、差し上げます」

庄兵衛が手を懐につっ込み、財布を取り出した。その手が、わなわなと震えている。

「おれから、逃げてみろ。助かるかもしれぬ」

牢人がくぐもった声で言った。口許《くちもと》に薄笑いが浮いている。

庄兵衛は手にした財布を牢人の足元に投げ、反転して逃げようとした。

刹那《せつな》、牢人の体が躍った。

右手に跳びざま、下段から逆袈裟《ぎゃくげさ》に斬り上げた。その切っ先が庄兵衛の左袖を裂いた次の瞬間、牢人は刀身を返しざま横一文字に払った。下段から敵の腕を狙い、返す刀で首を斬る。一瞬の連続技である。

牢人の切っ先が、庄兵衛の首をとらえた。

ビュッ、と、血が赤い帯のようにはしった。庄兵衛の首の血管《ちくだ》を斬ったらしい。

庄兵衛は血を撒《ま》きながらよろめき、爪先を何かに取られて前につんのめるように転倒した。

これを見た留次郎が、
ヒイイッ！

と、喉を裂くような悲鳴を上げ、逃げようとして反転した。

「逃がすか！」

叫びざま、町人体の男が踏み込んだ。獲物に飛びかかる狼を思わせるような俊敏な動きである。

男の手にした匕首が、逃げようとして背をむけた留次郎の盆の窪《くぼ》に突き刺さった。留次郎は身をのけ反らせ、よろよろと前に歩いたが、足がとまると腰からくずれるように転倒した。

「呆気《あっけ》ねえな」

男が薄笑いを浮かべて言った。

そのとき、牢人が血刀を庄兵衛の袖で拭いながら、

「おい、こいつの財布を忘れるなよ」

と、男に声をかけた。

「へい」

男は、すぐに庄兵衛が投げ捨てた財布を手にした。

「長居は無用」

牢人が声をかけ、足早にその場を離れた。

町人体の男は、すぐに牢人の後を追った。ふたりの姿が、夜陰に溶けるように消えていく。

二

「旦那、朝から剣術の稽古ですか」

髪結いの登太《とうた》が、長月隼人《ながつきはやと》の髷《まげ》を櫛《くし》でととのえながら言った。

そこは、八丁堀にある町奉行所の同心の住む組屋敷の縁先だった。毎朝、登太は隼人が出仕する前に、組屋敷に姿を見せ、隼人の髷をあたっていたのだ。

隼人は、南町奉行所の隠密廻《おんみつまわ》り同心だった。出仕前に髷をあたらせるのは、隼人だけではなかった。奉行所の同心の多くが、髪結いに髷をあたらせてから出仕していたのである。

組屋敷の庭の隅で、長月菊太郎《きくたろう》が木刀を振っていた。その気合が、登太に聞こえていたのだ。

「すこしは、剣術の稽古らしくなったかな」

そう言って、隼人は庭の隅で木刀を振っている菊太郎に目をやった。

菊太郎は隼人の嫡男《ちゃくなん》だった。隼人に子供はひとりしかいないので、菊太郎が跡取りということになる。

菊太郎は、十六歳だった。南町奉行所に出仕するようになって、まだ二年である。

菊太郎は、見習だった。町奉行所の役格は年寄から順に十一格に分かれていた。一番下が無足見習で、その上が見習である。菊太郎は無足見習で出仕し、ひとつ上の見習になったのだ。

隼人はすでに五十路《いそじ》を越えていたので、隠居後は菊太郎に同心を継がせるつもりで無足見習に出したのだ。

町奉行所の同心は一代限りの御抱席《おかかえせき》なので、本来子供が跡を継いで同心になることはできないはずである。ただ、町奉行所の同心の多くは、嫡男が十三、四歳になると、同心見習に出す。親が老齢になって同心として任務が果たせなくなったり、死んだりしたとき、新しく召し抱えられたことにして、子供に同心の座を継がせるためである。

一代限りの御抱席とはいっても、事実上世襲といっていい。

菊太郎が出仕前に組屋敷の庭で木刀を振っていたのは、理由があった。菊太郎は子供のころから、隼人の指南を受けて剣術の稽古をしていたのだ。隼人が、直心影流《じきしんかげりゅう》の遣い手だったからである。

「旦那、すみましたよ」

登太が、隼人の肩にかけた手ぬぐいをはずした。

「終わったか」

隼人は立ち上がり、大きく伸びをした後、あらためて菊太郎に目をやった。

菊太郎は袴の股立《ももだち》を取り、木刀の素振りをしていた。

……腰が据わってきたな。

菊太郎は腕を上げた、と隼人は思った。菊太郎の素振りをする姿勢がよかった。背筋が伸び、しっかりと腰が据わっている。

「旦那、また明日うかがいます」

登太も立ち上がった。

そのとき、組屋敷の木戸門の方で足音が聞こえた。見ると、利助《りすけ》が慌てた様子で門から入ってきた。

利助は隼人が手札《てふだ》を渡している岡っ引きだった。利助は齢《よわい》四十ちかく、経験を積んだ頼りになる男である。

庭先にいた菊太郎が利助に気付き、木刀を手にしたまま戸口に走り寄った。何か事件が起こったとみたようだ。

庭から出ていく登太と入れ違うように、菊太郎と利助が隼人のそばに来た。利助の顔が紅潮している。だいぶ、急いで来たらしい。

「利助、どうした」

すぐに、隼人が訊《き》いた。

「殺しでさァ」

利助が昂《たかぶ》った声で言った。

「殺しな」

隼人は、驚かなかった。これまで、町奉行の同心として多くの事件にかかわってきたからだ。

それに、隼人は隠密廻り同心だった。定廻《じょうまわ》り同心や臨時廻り同心とちがって、市井で起こった事件に直接かかわることはすくなかった。それというのも、隠密廻りは奉行に直接指図されて動くことになっていたからである。

「ふたり、殺《や》られやした」

利助によると、商家の旦那と奉公人らしいという。

「場所は」

隼人が訊いた。

菊太郎は、顔を紅潮させて利助に目をやっている。菊太郎にとっては、大変な事件なのだ。

「柳原通りのようでさァ」

利助によると、朝の早い棒手振《ぼてふ》りから話を聞いただけで、まだ現場は踏んでないという。

「綾次《あやじ》はどうした」

綾次は、利助が使っている手先である。

「柳原通りに行ってるはずで」

「父上、すぐに、柳原通りに行きましょう」

菊太郎が意気込んで言った。

「天野《あまの》はどうした」

隼人が訊いた。天野玄次郎《げんじろう》は、隼人が親しくしている定廻り同心だった。これまで、隼人は天野とともに多くの事件を解決してきた。

「先に、柳原通りにむかったようでさァ」

利助によると、ここに来る途中、柳原通りにむかう天野に出会ったという。

隼人は天野も現場にむかったと聞き、

「菊太郎、利助とふたりで現場にむかえ。おれが、青山《あおやま》どのに話しておく」

と、指示した。

青山登兵衛《とうべえ》は南町奉行所の同心だが、役格は年寄だった。同心のなかではもっとも上役で、隼人は青山と親しくしていた。隼人が急を聞き、菊太郎を現場にむかわせたと話せば、青山も認めてくれるはずである。

「分かりました」

菊太郎が昂った声で言った。

そのとき、いつ座敷から縁側に出てきたのか、菊太郎の母親のおたえが、心配そうな顔をして、

「菊太郎、気をつけるんですよ」

と、声をかけた。おたえは、ひとりっ子の菊太郎が、事件の探索にあたることが心配でならないらしい。

「母上、行ってきます」

菊太郎はそう言い残し、利助といっしょに木戸門から出ていった。

三

柳原通りは、賑《にぎ》わっていた。

様々な身分の老若男女が行き交い、通り沿いに並ぶ古着を売る床店には、客がたかっていた。

菊太郎と利助が、和泉橋のたもと近くまで来たとき、

「菊太郎さん、あそこです」

利助が指差した。

柳の植えられた土手際に、人だかりがふたつできていた。殺されたふたりのまわりに集まっているようだ。

「天野さんだ」

菊太郎は、人垣のなかほどに天野の姿があるのを目にした。近くに、岡っ引きや下っ引きと思われる男たちが集まっている。

菊太郎と利助が人垣に近付くと、綾次が姿を見せ、菊太郎たちのそばに走り寄った。

「綾次、何か知れたか」

すぐに、利助が訊いた。

「殺されたのは、呉服屋のあるじと手代でさァ」

綾次は、あるじの名が庄兵衛で、手代が留次郎であることを話した。

「呉服屋の名は、知れたか」

菊太郎が訊いた。

「須田町にある松沢屋で」

「松沢屋な」

菊太郎は、松沢屋の名は聞いたことがあったが、まだ店がどの辺りにあるのか知らなかった。

菊太郎は綾次に目をやり、

「下手人は知れたのか」

と、小声で訊いた。

「それが、まだでさァ」

「ともかく、天野さんに訊いてみよう」

菊太郎は、天野のいる人垣に近付いた。

すると、天野は菊太郎に気付き、

「菊太郎さん、ここへ」

と言って、手を上げた。

菊太郎は人垣を分けて、天野に近寄った。集まっている野次馬たちは、菊太郎が八丁堀の者とは思わなかったようだ。菊太郎がまだ若く、八丁堀ふうの格好をしていなかったからだ。

八丁堀同心は、身装《みなり》ですぐにそれと知れる。小袖を着流し、黒羽織の裾を帯に挟む巻羽織と呼ばれる独特の格好をしていたからだ。

菊太郎が天野の脇まで行くと、

「長月さんは？」

と、訊いた。菊太郎だけで来たからだろう。

「今日は、奉行所に行きました」

「そうか」

天野はそれ以上、隼人のことは訊かず、

「まず、死骸《ほとけ》を見てくれ」

と、言って足元を指差した。

凄惨《せいさん》な死体が横たわっていた。男が仰向《あおむ》けに倒れ、目を剝き、口をあんぐりあけたまま死んでいた。首を刃物で斬られたらしく、顎の辺りから胸にかけてどす黒い血に染まっている。近くの地面にも、血が飛び散っていた。

「松沢屋の庄兵衛だ。……首を斬られたらしい。下手人は何者か知れないが、腕がたつとみていいな」

天野が顔をきびしくして言った。

「下手人は一太刀《ひとたち》で、庄兵衛の首を斬ったようですね」

菊太郎は、下手人は武士だろうと思った。

「いや、一太刀ではない。庄兵衛の左袖を見てみろ」

天野が言った。

「袖が裂かれている。……下手人は、庄兵衛の腕を斬ってから、首を刎《は》ねたのか」

菊太郎は、首を斬った後、腕を斬る必要はないとみたのである。

「そのようだ」

天野はいっとき庄兵衛の死体に目をやっていたが、

「実は、一月ほど前、これと同じように斬られた男の死体を見たのだ」

そう前置きして、天野が話した。

斬られたのは、浅草並木町にある藤木屋《ふじきや》という料理茶屋のあるじの鶴蔵《つるぞう》だという。殺害現場は、浅草駒形《こまがた》町の大川端《おおかわばた》とのことだった。

「鶴蔵も、左腕を斬られた後、首を刎ねられていたのだ」

天野が言い添えた。

「それで、下手人は知れたのですか」

「いや、まだだ。……鶴蔵の財布が抜かれていたことから、辻斬りの仕業とみたのだがな」

天野によると、同じ南町奉行所の定廻り同心の坂井新之助《さかいしんのすけ》が中心になって、鶴蔵殺しの探索にあたっているという。

　菊太郎は坂井のことを知っていた。若い同心で、事件の探索には寝食を忘れて取り組むとの評判があった。

「庄兵衛も、鶴蔵を斬った下手人の手にかかったんでしょうか」

　菊太郎が訊いた。

「そうみていいな」

「すると、下手人は辻斬り……」

「決め付けていいかどうか」

　天野は、「もうひとり斬られている、見てみるか」と言って、別の人垣を指差した。

　十間ほど離れた路傍にも、人垣ができていた。野次馬たちに混じって、岡っ引きや下っ引きの姿もあった。

「坂井は、そこにいるはずだ」

　天野はそう言って、人垣を出た。

　菊太郎は、天野についていった。別の人だかりのそばまで来ると、坂井の姿が見えた。そばに、坂井の手先がふたりいた。菊太郎は、ふたりの名を知らなかったが、事件現場で顔を見たことがあったのだ。

　天野の先にたった与之助《よのすけ》が、

「前をあけてくんな。八丁堀の旦那だ」

と、声をかけると、野次馬たちが身を引いて道をあけた。与之助は天野が使っている小者《こもの》である。

人垣のなかほどに、坂井が立っていた。その足元に、死体が横たわっているらしい。

四

「天野さん、ここへ」

坂井が手を上げた。

歳《とし》は二十四、五であろうか。面長《おもなが》で、浅黒い顔をしていた。八丁堀同心らしく、黄《き》八丈《はちじょう》の小袖を着流し、巻羽織と呼ばれる独特の格好をしていた。

坂井の脇にいたのは、岡っ引きの守助《もりすけ》と下っ引きの磯吉《いそきち》だった。ふたりは、天野に頭を下げた。

「手代の留次郎です」

坂井が足元に横たわっている死体に目をやって言った。

留次郎は俯《うつぶ》せに倒れていた。盆の窪を刃物で刺されたらしい。首から背にかけてどす黒い血に染まっている。

「下手人は、留次郎の背後から刃物で突き刺したようです」

さらに、坂井が言った。

「傷は盆の窪だけか。留次郎を手にかけたのは、庄兵衛を斬った者とは別人のようだ」

天野がつぶやいた。

すると、坂井の脇にいた守助が、

「留次郎を殺ったのは、町人のようですぜ」

と、声を挟んだ。

「どうして知れた」

天野が守助に訊いた。

「ここに来てから、近所で聞き込んでみたんでさァ」

守助によると、昨夜、和泉橋を通りかかった夜鷹そば屋の親爺《おやじ》から話を聞いたという。親爺は、ふたりの男が庄兵衛たちを襲うところを目にしたそうだ。

「親爺の話だと、暗くてよく見えなかったが、襲ったふたりのうちひとりは、腰切半纏に股引姿だったそうで」

守助の話が終わると、

「庄兵衛たちを襲ったのは、武士と町人のふたり組のようです」

　坂井が言い添えた。

「妙だな」

　天野は首をひねった。辻斬りをはたらくのに、武士と町人のふたりで組んで襲うとは思えなかったのだ。

「いずれにしても、ふたりとも腕が立つようです。刀にしろ、匕首にしろ、見事に一撃で仕留めてますからね」

　坂井が言った。

「ともかく、近所で聞き込んでみるか。あまり当てにはできないが、夜鷹そば屋のように、他にも見かけた者がいるかもしれん」

　そう言い残して、天野は人垣から出ると、現場に姿を見せた手先たちを集め、近所で聞き込みにあたるよう指示した。

　菊太郎も、利助と綾次を連れて近所で聞き込みにあたることにした。

「菊太郎さん、庄兵衛は昨夜《ゆうべ》どこへ出かけたか訊いてみやすか。ここに店の者もきているはずでさァ」

　利助が言った。

「そうだな、庄兵衛が昨夜どこへ出かけたか分かれば、下手人とつながることが何かつかめるかもしれない」

「庄兵衛の死体のそばに、奉公人らしい男が何人かいやした」

綾次が言った。

菊太郎たち三人は、庄兵衛の死体が横たわっているそばにもどった。

見ると、死体の脇に呉服屋の番頭らしい年配の男と手代らしい若い男がふたりいた。三人は庄兵衛のそばに屈《かが》み、沈痛な顔をして死体に目をやっている。

「あっしが訊いてみやす」

利助が番頭らしい男に近付いた。

菊太郎は利助にまかせようと思い、利助の背後に立っていた。

「番頭さんかい」

利助が声をかけた。

「は、はい、番頭の益蔵《ますぞう》でございます」

益蔵が声を震わせて言った。

「とんだことになったな」

「まさか、このようなことになるとは……」

益蔵は涙声だった。

「昨夜、庄兵衛たちはどこに出かけたのだ」

「柳橋にある料理屋の浜乃屋《はまのや》でございます」

「料理屋な。……それで、何しに行ったのだ。まさか、庄兵衛と留次郎のふたりで飲みに出かけたわけではあるまい」

「懇意にしていただいている方に、お礼の席をもうけたのでございます」

益蔵によると、名は言えないが大身《たいしん》の旗本だという。

「旗本かい」

利助はそれ以上相手のことは訊かなかった。浜乃屋で様子を訊けば、分かると思ったのである。

菊太郎は利助が益蔵から離れるのを待って、

「柳橋まで行ってみないか」

と、声をかけた。

菊太郎は、昨夜、庄兵衛たちが歩いたはずの道筋をたどり、浜乃屋まで行ってみようと思ったのだ。

「行きやしょう」

利助が言った。

菊太郎は、まだ現場に残っていた天野に、昨夜庄兵衛たちが柳橋の浜乃屋で飲んだ帰りらしいことを話し、浜乃屋まで行ってみると伝えてその場を離れた。

菊太郎たちは、柳原通りを東にむかい、神田川にかかる新シ橋を渡った。そして、川沿いの道を柳橋にむかった。庄兵衛たちが通ったと思われる道をたどったのである。

柳橋に入り、通りかかった土地の男に浜乃屋のことを訊くと、すぐに教えてくれた。

「その通りを入《へえ》ってしばらく歩くと、二階建ての料理屋がありやす。脇に、紅屋《べにや》がありやすから、行けば分かりやすぜ」

男は、料理屋や料理茶屋などのつづく通りを指差して言った。

菊太郎たちは教えられた通りに入り、紅屋を目印に歩いた。

「あそこに、紅屋がありやす」

綾次が、通りの先を指差して言った。

見ると、店先に紅を塗った貝殻が並べてあった。その奥で、年増《としま》が焼物の小皿に筆で紅を塗っている。

紅は紅花を練り固めたもので、それを筆で貝殻や焼物の小皿に塗って売るのである。

店先に、町娘がふたりたかっていた。

「浜乃屋は、あれですぜ」

利助が紅屋の脇にある二階建ての料理屋を指差して言った。

五

店の入口の掛け行灯《あんどん》に、「御料理　浜乃屋」と書かれてあった。すでに、客がいるらしく、二階の座敷から嬌声《きようせい》や男たちの談笑の声などが聞こえてきた。

菊太郎たちが、店の者に庄兵衛たちのことを訊いてみようと思い、入口に近付くと、格子戸があいてふたりの男が出てきた。岡っ引きの守助と下っ引きの磯吉である。

「守助ではないか」

菊太郎が声をかけた。

「若旦那ですかい」

守助が驚いたような顔をした。

「庄兵衛たちのことを訊きに来たのか」

菊太郎が訊いた。

「へい」

「おれたちもそうだ。……何かつかめたか」

菊太郎は、守助と同じことを浜乃屋で訊いても仕方がないと思ったのだ。

「てえしたことは、分からねえんでさァ」

「ここへ来る前、松沢屋の番頭から訊いたのだがな、庄兵衛は懇意にしている旗本とここに席をもうけたらしいが、やはりそうか」

菊太郎は、自分でつかんだことを先に口にした。

「そうでさァ」

すぐに、守助が答えた。

「それで、旗本のことは知れたか」

菊太郎は、ゆっくりした足取りで歩きだしながら訊いた。浜乃屋の店先で話しているわけにはいかなかったのである。

「へい、名は福井泉之助《ふくいせんのすけ》さまだそうで」

守助と磯吉は菊太郎についてきた。

「福井な。聞いたことがない名だが……」

菊太郎はそう言ったが、まだ十六歳で、同心見習になったばかりなので知らなくて当然かもしれない。

「店の女将《おかみ》は、福井さまのお役柄は分からねえが、将軍さまのお側《そば》にお仕えする方じゃァねえかと言ってやした」

「身分のある方のようだな。それで、どんな話をしていたか、訊いたのか」

「へい、幕府の御用達《ごようたし》のことらしいと言ってやした」

「御用達な」

松沢屋は、幕府の御用達になるために、福井に世話になったのではないか、と菊太郎は思った。

菊太郎は、御用達のことはそれ以上訊かなかった。松沢屋の番頭に訊けば、様子が知れるだろう。

「昨夜の酒席にいたのは、松沢屋のふたりと福井さまだけか」

菊太郎が声をあらためて訊いた。

「そのようで」

守助が女将から聞いた話によると、宴席はなごやかで、揉《も》め事はまったくなかったという。

「すると、やはり、辻斬りの仕業か」

菊太郎がそう言うと、

「あっしは、辻斬りじゃァねえような気がするんですがね」

守助がつぶやいた。

「どうして、そう思う」

「いえ、町人とふたり組の辻斬りがいるとは、思えねえんでさァ。それも、二本差しと町人、両方が斬っているようですからね」

「そうだな」

菊太郎も辻斬りではないような気がした。

「あっしらは、これで」

守助は磯吉を連れて菊太郎たちから離れていった。

「菊太郎さん、どうしやす」

利助が訊いた。

「せっかく、ここまで来たのだ。こっちはこっちで浜乃屋の者に訊いてみよう」

菊太郎たちは、ふたたび浜乃屋に足をむけた。

浜乃屋の格子戸をあけて、菊太郎はなかに入った。利助と綾次もいっしょに入ったが、菊太郎の背後にひかえている。

店に入ると、土間の先が狭い板間になっていた。

対応に出たのは、おしな、という名の女将だった。ほっそりした色白の年増である。

おしなが訊いた。菊太郎たちを客とみたようだ。

「三人さまですか」

「八丁堀の者だ」

菊太郎は、懐から十手を出して見せた。自分はまだ若いうえに、八丁堀ふうの格好をしていなかったため、町奉行所の同心と告げても、信じてもらえないと思ったからである。

「八丁堀の旦那ですか」

おしなは、驚いたような顔をした。

「密《ひそ》かに、大きな事件の探索にあたる者だ」

菊太郎は、父親である隼人のことを念頭にそう口にした。

「さようでございますか」

おしなは、菊太郎が町奉行所の者だと信じたようだ。昨日、店の客の松沢屋のあるじと手代が殺されたことを知って、それを調べに来たと思ったのだろう。

「松沢屋のあるじの庄兵衛は、よくこの店に来ていたのか」

菊太郎が切り出した。

「いえ、月に一度、お見えになるかどうかでしたが」

おしなによると、ここ一年ほど前から来るようになったのだという。

「ところで昨夜は、旗本の福井さまと来たようだな」

菊太郎は、守助から聞いた福井の名を出した。

「よく、ご存じで」

おしなは、驚いたような顔をした。

「庄兵衛が福井さまと飲むのは、初めてではあるまい」

さらに、菊太郎が訊いた。

「はい、ここ一月ほどの間だけは三度も、店を使っていただきました」

「三度な」

菊太郎は、一月に三度は多いと思った。庄兵衛は、福井に何か特別な頼みごとがあったのではあるまいか。

菊太郎は、おしなにそれとなく庄兵衛と福井はどんな話をしていたか訊いてみたが、あらたなことは分からなかった。

そのとき、客が三人入ってきた。菊太郎は潮時だと思い、

「手間をとらせたな」

と、おしなに声をかけて店から出た。

六

松沢屋の庄兵衛と留次郎が殺されて四日経《た》った。

菊太郎は朝餉《あさげ》を終えても、木刀を手にして庭に出なかった。その後の様子を訊きに松沢屋へ行ってみようと思ったのだ。

「菊太郎、稽古は」

隼人が訊いた。

「今日は、松沢屋へ行ってみるつもりです」

「そうか」

隼人は、それ以上何も言わなかったが、そばにいたおたえが、

「菊太郎、気をつけるんですよ。何があるか、分からないからね」

と、心配そうな顔で言った。

「心配ありません。今日は、松沢屋で話を訊くだけですから」

そう言って、菊太郎が土間に下りたとき、木戸門近くで、庄助《しょうすけ》の隼人を呼ぶ声が聞こえた。庄助は隼人に仕えている小者で、隼人が出仕のおりに挟み箱を担いで供をすることが多かった。

「何かあったかな」

隼人は腰を上げた。

隼人の後に、おたえもついてきた。

戸口に、庄助の他に綾次の姿があった。綾次は急いで来たらしく顔が紅潮し、汗が浮いていた。何かあったようだ。

「どうした、綾次」

隼人が訊いた。

「殺られやした！　守助が」

綾次がうわずった声で言った。

「御用聞きの守助か」

菊太郎が訊いた。

「そうでさァ。親分は、守助が殺された柳原通りに行ってやす」

「なに、また柳橋通りか。すぐ、行く」

菊太郎が言った。

隼人は、おれも行ってみよう、と言って、おたえに兼定《かねさだ》を持ってくるよう指示した。

兼定は隼人の愛刀だった。兼定は刀鍛冶《かたなかじ》の名匠で、関物《せきもの》と呼ばれる大業物《おおわざもの》を鍛えたことで知られている。隼人の兼定も切れ味の鋭い剛刀だった。

通常、町奉行所の同心は、下手人を生きたまま捕らえねばならないことになっていた。そのため、同心の多くは刃引きの長脇差《ながわきざし》を差している。だが、隼人はあえて兼定を差すことにしていた。真剣勝負のおりに、どうしても刃引きの長脇差では後れをとることがある。それに、隼人は下手人を生きて捕らえるときは、峰打《みねう》ちにすればいいと思っていたのだ。

菊太郎たちは八丁堀から本材木町《ほんざいもく》を経て、日本橋川にかかる江戸橋を渡った。そして、日本橋の表通りを北にむかい、柳原通りに出た。そこは、和泉橋の近くだった。

「こっちでさァ」

綾次が先にたち、柳原通りを東にむかった。

前方に神田川にかかる新シ橋が見えてきたところで、

「あそこで」

綾次が前方を指差した。

新シ橋のたもと近くの土手際に、人だかりができていた。通りすがりの野次馬が多いようだったが、八丁堀同心と岡っ引きらしい男の姿もあった。

「天野も来てるぞ」

隼人が言った。

人垣のなかに、天野と坂井の姿があった。坂井は、手札を渡している守助が殺されたと聞いて駆け付けたのだろう。

人垣のなかほどにいた天野が、隼人たちの姿を目にし、

「長月さん、ここです」

と、呼んだ。

天野の脇に、坂井が悲痛な顔をして立っている。

隼人と菊太郎が近付くと、人垣が左右に割れて道をつくった。隼人の身装から八丁堀同心と分かったせいだろう。

天野と坂井の足元に、男がひとり仰向けに倒れていた。目を見開き、口をあんぐりあけたまま死んでいた。

首を斬られたらしく、首から胸にかけて血に染まっている。出血が激しかったらしく、周囲にも血が飛び散っていた。

「御用聞きの守助です」

坂井が悲痛な顔をして言った。

「斬られたのは、首か」

隼人がそう言って、守助の首の傷に目をやると、

「それに、左腕も斬られてます」

天野が言った。

隼人は倒れている守助の左腕に目をやった。袖が裂かれ、わずかに血の色があった。下手人はまず守助の左腕を斬り、二の太刀で首を斬って仕留めたのであろうか。

「松沢屋の庄兵衛の傷も、まったく同じでした」

菊太郎が言った。

「すると、守助は庄兵衛を殺した下手人の手にかかったのか」

「まちがいありません。守助は、庄兵衛を殺した下手人を追っていました。返り討ちにあったとみていいようです」

坂井が言った。

「これは……あまり見ない刀法だな。まず下段から相手の左腕を狙い、二の太刀で首を斬ったのか」

隼人は、守助の袖が下から斬られていたので、そうみたのである。

さらに、隼人は下手人がとったであろう刀捌《かたなさば》きを、脳裏に描いてみた。まず初太刀を下段から撥《は》ね上げたのではあるまいか。そして、二の太刀を横に払って首を斬った

のである。

……それにしても、変わった太刀捌きだ。

と、隼人は思った。

「いずれにしろ、腕のたつ男のようだ」

隼人が言い添えた。

天野と坂井は、その場に集まっていた岡っ引きや下っ引きたちを集め、近所の聞き込みにあたらせた。守助を手にかけた下手人を目撃した者がいるかもしれない。ふたりの同心の手先たちは、すぐにその場から散った。

菊太郎も、綾次と現場にいた利助を呼んで聞き込みにあたらせた。

隼人は、現場から散った手先たちがもどってくるまでの間、坂井と天野から事件のこれまでの経緯を聞くことにした。

ふたりから話を聞いた隼人は、

「辻斬りではないな」

と、断定するように言った。

天野と坂井も、同じことを考えていたらしく、無言でうなずいた。

手先たちがその場を離れて一刻(二時間)ほどすると、ひとりふたりともどってきた。

手先たちの話では、守助が殺されたときの悲鳴を聞いた者がいたが、遠方だったので下手人の姿は見ていなかった。ただ、殺されたのは、五ツ（午後八時）過ぎであることが知れた。

他に、下手人の探索に役立つような情報はなかった。

七

守助が殺された翌日だった。隼人が他の同心たちより遅れて、南町奉行所の同心詰所に入っていくと、内与力《うちよりき》の横峰勝兵衛《よこみねかつべえ》の姿があった。隼人を待っていたらしい。

隼人が横峰のそばに行くと、

「長月どの、お奉行がお呼びでござる」

横峰が、慇懃《いんぎん》な口調で言った。

南町奉行は、跡部能登守良弼《あとべのとのかみよしすけ》である。内与力は、他の与力とちがって奉行の家士《かし》のなかから選ばれ、秘書のような立場だった。したがって、他の与力のように市中で起こった事件の捕物にかかわったり、下手人の吟味にあたったりはしない。

「お奉行は、どこにおられるのです」

隼人が訊いた。

「屋敷内でお待ちです。それがしと、同行していただきたい」

横峰は四十がらみで、がっちりした体付きをしていた。眉が濃く、ギョロリとした目をしている。厳《いか》つい風貌だが、物言いはもの静かだった。

奉行の役宅は、奉行所の裏手にあった。役宅といっても独立した屋敷ではなく、奉行所とつづいていた。

今月は南町奉行所の月番ではないので、跡部は奉行所内にいるらしい。月番のときは、登城しなければならないのだ。

「すぐに、まいります」

隼人は立ち上がった。

先に、横峰が同心詰所から出た。隼人は横峰の後についていく。

横峰は奉行所の裏手にある玄関から入り、奉行の住む役宅にむかった。役宅に入ると、長い廊下をたどり、中庭に面した座敷に隼人を連れていった。そこは、奉行の跡部が与力や同心と会って話すときに使われる。隼人は、その座敷で跡部と会って話したことがあった。

「ここで、お待ちくだされ」

横峰は隼人に中庭の見える場に座るように言った。

隼人が座ると、

「お奉行は、すぐおいでになられます」

横峰はそれだけ言って、座敷から出ていった。

あけられた障子の間から、中庭が見えた。初秋の陽射《ひざ》しが、松や紅葉《もみじ》の緑に反射してかがやいている。

隼人が座敷でいっとき待つと、廊下を歩く足音がして障子があいた。姿を見せたのは跡部だった。

「長月、ごくろうだな」

跡部はくだけた物言いで隼人に声をかけると、上座に腰を下ろした。

跡部は小袖に角帯姿だった。今日はまだ出仕前なので、くつろいだ格好なのだろう。

跡部は隼人が時宜《じぎ》を述べようとするのを制し、

「店のあるじが、ふたりも殺されたそうではないか」

と、切り出した。

跡部が口にしたのは、松沢屋のあるじの庄兵衛と藤木屋のあるじの鶴蔵が殺された件らしい。おそらく、横峰から聞いたのだろう。市井で起こった事件や同心たちの動きを奉行の耳に入れるのも、横峰の仕事である。

「定廻りの者が探索にあたっているようです」

隼人は、それだけ口にした。隠密廻りは、勝手に事件の探索にあたることができなかったので、そう言っておいたのだ。

「定廻りの者が使っている手先も、殺されたと聞いたぞ」

跡部は、殺された守助のことも耳にしているらしい。

「はい」

隼人はうなずいただけで、自分からは話さなかった。

跡部が訊いた。

「長月、下手人をどうみておる」

「いまのところ、下手人の目星はついてないようです」

「探索にあたっている町方の手先を手にかけたとなると、辻斬りではないな」

跡部が顔を厳しくした。

「それがしも、辻斬りではないとみております」

「うむ……」

跡部は虚空《こくう》に視線をむけて黙考していたが、

「このままでは、まだ殺される者が出るな」

そう言って、隼人に目をむけ、

「長月は、どうみる」

と、訊いた。

「それがしも、この先、下手人たちの手にかかる者が出るとみております」

隼人の胸の内には、同心たちの手先だけでなく、探索にあたっている同心も狙われるのではないかという危惧《きぐ》があった。

「長月、探索にあたってくれ」

跡部の声は、静かだったが重いひびきがあった。

「承知しました」

隼人はうなずいた。胸の内では、跡部に命じられなくても、菊太郎に手を貸すつもりだったのだ。

「下手人は、腕がたつようだな」

跡部が声をあらためて言った。

「そのようです」

隼人は、下手人が特異な剣を遣うことを知っていたが、そのことは口にしなかった。

「長月、手に余らば、斬ってもよいぞ」

跡部は隼人が直心影流の遣い手で、相手によっては剣をふるって斃《たお》すことを知っていた。それで、隼人に探索を命ずるとき、手に余らば斬ってもよい、と口にすることがあったのだ。

「有り難き仰せにございます」

隼人は深く頭を下げた。

八

「父上、行ってきます」

菊太郎は、縁先にいる隼人に声をかけてから戸口にむかった。

戸口まで菊太郎についてきたおたえが、

「父上といっしょではないのかい」

と、眉を寄せて訊いた。

「今日は、須田町の呉服屋に行って話を聞くだけです。父上は、天野さんといっしょに浅草に行くことになっています」

菊太郎は、神田須田町にある松沢屋に行くつもりだった。その後の様子や幕府の御用達のことも訊いてみようと思ったのだ。

隼人は奉行から探索にあたるよう命じられたこともあって、先に殺された藤木屋のことを探りに行くため、天野とふたりで浅草にむかうことになっていた。

「それなら、心配ないね」

おたえが、ほっとした顔をした。

菊太郎は、ひとりで戸口から出た。庄助は隼人の供をして浅草に行くことになっていたのだ。

菊太郎が日本橋のたもとまで行くと、利助と綾次が待っていた。利助は隼人が手札を渡している岡っ引きだが、隼人が菊太郎の手先として動くよう指示したのだ。隼人は、菊太郎がひとりで探索にあたるのは危険だとみたらしい。

菊太郎たちは、中山道《なかせんどう》を北にむかった。松沢屋は中山道沿いにあるはずである。

中山道は賑わっていた。様々な身分の者が行き交っている。日本橋が近いこともあって、旅人より江戸の住人が目についた。

菊太郎たちが神田須田町に入って間もなく、

「菊太郎さん、あの店ですぜ」

利助が通り沿いの大店《おおだな》を指差して言った。

通り沿いには、大店が並んでいたが、そのなかでも目を引く二階建ての大きな店だった。店の脇の立て看板には、「呉服品々　松沢屋」と記されてあった。店先には大きな暖簾《のれん》がかかり、町人の娘、母親らしい年配の女、供連れの武士などが頻繁に出入りしていた。

菊太郎たちも、暖簾をくぐった。

土間の先が、ひろい座敷になっていた。そこが売り場らしい。何人もの手代が客を相手に反物を見せたり、話をしたりしていた。丁稚《でっち》たちは、箱に入った反物や客に出す茶を運んだりしている。

売り場の左手に帳場があり、番頭らしい男が帳場格子のむこうで、手代と何やら話していた。菊太郎は、その顔に見覚えがあった。柳原通りで目にした番頭の益蔵である。

「いらっしゃいませ」

近くにいた手代が、菊太郎に声をかけた。客と思ったらしい。

「八丁堀の者だが、訊きたいことがあってな。……番頭さんに、話してくれ。おれのことは知っているはずだ」

菊太郎が言った。

「お待ちください。すぐに、番頭さんに知らせます」

手代は菊太郎に頭を下げ、慌てた様子で帳場にむかった。

手代が益蔵に身を寄せて何やら話すと、益蔵は土間にいる菊太郎に目をむけ、すぐに立ち上がった。菊太郎を覚えていたらしい。

益蔵は上がり框《がまち》近くまで来て座ると、

「あるじを殺した下手人は、分かりましたか」

と、声を殺して訊いた。客に聞こえないように気を使ったらしい。

「それが、まだなのだ。下手人をお縄にするためにも、訊きたいことがあってな」

菊太郎が言うと、

「どうぞ、お上がりになってください」

益蔵は、土間にいた菊太郎たち三人を座敷に上げた。

連れていったのは、帳場の奥の座敷だった。そこは、上客を上げる座敷らしかった。座布団や莨盆《たばこぼん》なども置いてあった。

菊太郎は益蔵と対座すると、

「庄兵衛と留次郎は、辻斬りに殺されたのではないとみている」

すぐに、核心から切り出した。

「さ、左様で、ございますか」

益蔵は驚いたような顔をして菊太郎を見た。

「あの日、庄兵衛は、柳橋の浜乃屋に出かけたのだな」

「はい」

「会ったのは、幕臣の福井泉之助さまと聞いている」

「そ、そうです」

益蔵の声が震えていた。事件の日のことが蘇《よみがえ》ったのだろう。

「福井さまの役柄は」

たたみかけるように、菊太郎が訊いた。

「お、御納戸頭《おなんどがしら》と聞いております」

益蔵の声は、まだ震えを帯びていた。

御納戸頭は、将軍の手許《てもと》にある金銀、衣服、調度などを掌《つかさど》るとともに、将軍が下賜《かし》する金銀衣類などのいっさいを取り扱っている。

御納戸頭はふたりいて、ひとりは収蔵や買入れを掌り、もうひとりは下賜品を扱っていた。

益蔵によると、福井は収蔵や買入れにかかわっているという。

「すると、庄兵衛は、幕府の衣服の買入れのことで、福井さまと会ったのだな」

菊太郎が訊いた。

「それもございますが、他にも大事なことがございました」

益蔵が声をひそめて言った。

「他のこととは」

「幕府の御用達のことでございます」

「やはり、御用達の件か」

菊太郎は、御用達のことを守助から聞いていた。

「お上の御用達になれるよう、福井さまにお願いしていたのです」

益蔵がさらにつづけた。

「ところが、このようなことになってしまい、御用達の件も駄目になるのではないかと……」

益蔵は、困惑したように眉を寄せた。

「呉服屋にとって、御用達になることは、大事なことであろうな」

「はい。お上に呉服を買い入れてもらうこともございますが、それより御用達になれば、店に箔《はく》が付いて、お客さまに信用されます。それに、お大名からもお声がかかり、お出入りを許されるようになるかもしれません。いずれにしろ、商いが伸びるのはまちがいありません」

益蔵はそこまで話すと、溜《た》め息をつき、

「残念でなりません」

と、肩を落として言い添えた。

菊太郎はいっとき間を置いてから、

「下手人に心当たりはないのか」

と、声をあらためて訊いた。

「ございません」

益蔵によると、庄兵衛は命を狙われているようなことを口にしたことはないという。

「そうか。……また、寄らせてもらうぞ」

菊太郎は、腰を上げた。

松沢屋を出た菊太郎たち三人は、近所で松沢屋のことを訊いてみたが、事件につながるようなことは聞けなかった。

第二章　殺し屋

一

「茶がはいりましたよ」

おたえが、湯飲みを載せた盆を手にして座敷に入ってきた。

隼人たちの住む組屋敷だった。縁側に面した座敷に、隼人、菊太郎、天野の三人の姿があった。

天野が、これまで探ったことを知らせるために隼人の住む組屋敷に姿をみせ、菊太郎もくわわったのである。

おたえは、男三人の膝先に湯飲みを置くと、隼人の脇に座した。話にくわわるつもりらしい。

「おたえ、座をはずしてくれ。御用にかかわる大事な話だ」

隼人が苦笑いを浮かべて言った。

「そ、それは……。存じませんで」

おたえは、慌てた様子で立ち上がると、何かあったら、声をかけてくださいね、と言い残し、座敷から出ていった。

「困ったやつだ。話にくわわるつもりだったらしい」

隼人が言うと、

「うちの者も、そうですよ」

天野が小声で言った。

天野家は天野と妻女のおとせ、それに老母の貞江《さだえ》の三人家族だった。父親の欽右衛《きんえ》門《もん》は亡くなり、天野の弟の金之丞《きんのじょう》は、御家人の養子になっていた。

「菊太郎、松沢屋の様子はどうだった」

隼人が訊《き》いた。

「店をひらいて、商いをつづけています。……番頭の益蔵から、いろいろ話を聞くことができました」

菊太郎は、そう前置きし、庄兵衛が殺された晩に浜乃屋で会ったのは、幕府の御納《おなん》戸頭《どがしら》の福井泉之助であることや、松沢屋が幕府の御用達《ごようたし》になれるよう福井に取り入ろうとしていたことなどを話した。

「そんなことだと思ったよ」

隼人はそう言った後、

「その御用達の話は、どうなったのだ」

と、訊いた。

「番頭は、御用達の話は駄目になるのではないかと話してました」

「御用達の話も、此度《こたび》の件に何かかかわりがあるかもしれんな」

隼人はそう言った後、天野に顔をむけ、

「何か、知れたか」

と、声をあらためて訊いた。

「わたしは、坂井といっしょに、殺された守助の足取りをたどってみたのです」

天野が言った。

「それで」

隼人が話の先をうながした。

「殺された日に、守助はひとりで浅草駒形町へ出かけていたようです」

天野は、守助が使っている下っ引きの磯吉から聞いたことを話し、

「磯吉も連れて、駒形町へ行って守助の足取りを洗ってみました」

天野によると、守助は駒形町にある浜京《はまきよう》という料理屋のことを探っていたらしいという。

「浜京な。……此度の件と何かかかわりがあるのかな」

隼人が訊いた。

「磯吉の話では、守助は藤木屋の鶴蔵殺しに、浜京がからんでいるかもしれないと口にしていたそうです」

「守助は、浜京を探った帰りに殺《や》られたのか」

「そのようです。守助の家は神田平永《ひらなが》町にあるので、駒形町からの帰りに柳原通りを通ったはずです」

天野が言った。

「つまり、下手人は、初めから守助を狙っていたのだな」

隼人が、これで辻斬《つじぎ》りでないことは、はっきりした、と言い添えた。

次に口をひらく者がなく、座敷は重苦しい沈黙につつまれていたが、

「おれも、探ったことを話す」

と、隼人が切り出した。

「並木町にある藤木屋だがな、界隈《かいわい》では名の知れた老舗《しにせ》の料理屋なのだ」

隼人によると、藤木屋は浅草寺《せんそうじ》の門前近くにあって場所がよく、料理もうまいとの評判もあって、先代のころから繁盛していたという。

「ところが、半年ほど前から、急に客足が遠退《とおの》くようになったそうだ」

「何かあったのですか」

菊太郎が訊いた。

「嫌がらせらしい。店の入口に犬の死骸が置いてあったり、店先に糞尿《ふんにょう》が撒《ま》かれていたり、頻繁にそんなことがあって、客も二の足を踏むようになったようだ」

「だれがそんなことを」

「分からないらしい」

「それで、どうなりました」

「あるじの鶴蔵は、近所に住む若い者を何人も雇い、夜通し店先を見張らせたそうだ。それで、嫌がらせはやんだようだが、ほっとした矢先に、今度はあるじの鶴蔵が殺されたわけだ」

「下手人は、藤木屋に何か恨みがあるのかな」

菊太郎がつぶやいた。

「それで、いま、藤木屋は店をひらいているのですか」

天野が訊いた。

「ひらいてはいるが、包丁人も店をやめてな。暖簾《のれん》を下ろしていることが多いようだ。そうなると、さらに客足は遠退く」

「藤木屋によほど強い恨みがあるのか。それとも、他に何か理由があるのかな」

天野は首をひねった。

「いずれにしろ、これから何か動きがあるような気がする。それに、松沢屋の件も、庄兵衛と留次郎を殺したふたりが何者かつきとめられれば、殺しの理由も分かるはずだ」

隼人が強いひびきのある声で言った。

二

隼人は組屋敷で天野と話した翌日、菊太郎を連れて紺屋町《こんや》にある豆菊《まめぎく》という小料理屋にむかった。

豆菊は、利助の家でもあった。下っ引きの綾次も、事件の探索にあたっていないときは豆菊を手伝っている。

隼人は、利助たちにこれからの探索を指図する目的もあったが、それより豆菊の板場にいる八吉《やきち》に会って話を聞きたかったのだ。

八吉は「鉤縄《かぎなわ》の八吉」と呼ばれる腕利きの岡っ引きだったが、いまは歳《とし》をとったために女房のおとよとともに豆菊をやっている。

隼人は、八吉と長い付き合いだった。隼人は町奉行所の同心になったばかりのころから、八吉といっしょに捕物にあたってきたのだ。

八吉には、子供がなかった。それで、老齢を理由に岡っ引きの足を洗うおり、下っ引きだった利助を養子にもらい、隼人に頼んで岡っ引きを継がせたのである。

鉤縄というのは、特殊な捕物道具だった。細引《ほそびき》の先に熊手のような鉄製の鉤がついていて、それを相手に投げ付ける。鉤が相手の着物に引っ掛かると、引き寄せて取り押さえるのだ。また、鉄製の鉤は、強力な武器にもなった。鉤を相手の顔面や胸に投げ付けて斃《たお》すのである。

隼人は羽織袴《はおりはかま》姿で、大小を帯びていた。御家人ふうである。八丁堀同心と知れないように、身装《みなり》を変えたのだ。八丁堀同心が、豆菊に出入りしていることを気付かれないためである。

隼人は豆菊の暖簾を分けて、店に入った。

菊太郎は隼人の後についてきた。菊太郎は豆菊に来たことがあったので、戸惑う様子は見せなかった。

まだ早いせいか、店に客の姿はなかった。奥で、水を使う音がした。だれか、板場で洗い物でもしているらしい。

「だれか、いないか」

隼人が奥に声をかけた。

すると、水を使う音がやみ、奥の板場から八吉が顔を出した。

「旦那、お久し振りで」

八吉は濡《ぬ》れた手を前垂れで拭きながら近付いてきた。

八吉は小柄だった。猪首《いくび》で、ギョロリとした目をしている。岡っ引きだったころは、睨《にら》みの利く顔だったが、いまは何となく愛嬌《あいきょう》がある。髪が真っ白で、顔に皺《しわ》が寄っているせいらしい。

「利助と綾次は、どうした」

隼人は、ふたりの姿が見えないので訊いたのだ。

「朝から出かけやした。須田町に行くと言ってやしたが」

八吉が言うと、

「松沢屋だ。聞き込みにいったらしい」

すぐに、菊太郎が言い添えた。

「ふたりとも、腰を下ろしてくだせえ」

八吉は板場の前まで行き、「およよ、長月の旦那と菊太郎さんだ、茶を淹《い》れてくんな」と声をかけてもどってきた。おとよは、板場にいるらしい。

隼人たち三人は、小上がりに腰を下ろすと、

「八吉、此度の件のことを聞いているか」

隼人が声をあらためて訊いた。

「利助から、聞いてやす」

八吉が小声で言った。

「下手人に、心当たりはあるか」

「心当たりは、ねえんですがね。利助から聞いた話から踏んで、松沢屋のあるじと手代を殺ったやつらは、素人じゃァねえような気がしやす」

八吉の顔から、笑みが消えた。岡っ引きだったころの凄《すご》みがある。

「素人ではないというと」

さらに、隼人が訊いた。

「殺し慣れたやつらで、金ずくで殺しを引き受けてるのかもしれねえ」

「殺し屋か」

隼人の声が大きくなった。

「まだ、はっきりしたことは言えねえが、そんな気がしやす」

「うむ……」

隼人も、松沢屋の庄兵衛と手代の留次郎を殺したふたりは、殺し屋かもしれないと思っていた。

「ふたりが殺し屋なら、殺しを頼んだ者がいるはずです」

脇から、菊太郎が口をはさんだ。

「そのとおりだ。殺しを依頼した者が分かれば、殺し屋が何者かも知れるな」

隼人が言った。

三人の男がそんなやり取りをしているところに、おとよが盆に湯飲みを載せて板場から出てきた。おとよも老齢だった。樽《たる》のようにでっぷり太っている。八吉の話では、おとよは若いころは美人だったそうだが、いまはその面影もない。

「お茶が、はいりましたよ」

おとよが、隼人と菊太郎に笑みを浮かべて言った。目を細めると、おかめのような顔になる。

「おとよ、すまんな」

隼人は礼を言った。おとよとも長い付き合いだが、豆菊に来て迷惑をかけることが多かったのだ。

「礼を言うのは、わたしの方ですよ。亭主が世話になった上に、利助と綾次まで面倒をみてもらってるんですから」

そう言いながら、おとよは隼人と菊太郎の脇に湯飲みを置いた。

隼人は茶を飲んだ後、

「八吉、殺し屋に心当たりはあるか」

と、声をひそめて訊いた。

ちょうどそこへ、利助と綾次が帰ってきた。

三

「利助、綾次、ごくろうだな」

隼人がふたりに声をかけた。

「ふたりで、聞き込みに行ってやした」

利助はそう言い、綾次とふたりで小上がりの上がり框《がまち》に腰を下ろした。

おとよは、利助たちに目をやり、

「お茶を淹れるね」

と言って、腰を上げた。男たちの話の邪魔をしないように気を使ったらしい。

隼人は、おとよが板場に入るのを待って、

「利助、松沢屋の聞き込みか」

と、小声で訊いた。

「へい、近所をまわって聞き込んでみやした」

「それで、何か知れたか」

「てえしたことは、分からなかったんですがね。気になることを耳にしやした」

利助が隼人に目をやりながら言った。

「気になるとは」

「松沢屋ですがね。ここ十年ほどの間に商いが急に増え、三年ほど前に店をひろげたそうでさァ」

利助が聞き込みでつかんだことによると、庄兵衛が先代から松沢屋を継いだのが、十年ほど前で、それ以前は呉服屋としては中堅どころの店だったという。そのころは、幕府の御用達になるなど考えられなかったそうだ。

「庄兵衛の代になって、急に商いが増えたのはどういうわけだ」

隼人が訊いた。

「客が喜ぶように、いろいろ工夫したらしいんで」

利助たちが聞き込んだ話によると、松沢屋はただ呉服を売るだけでなく、客の好みに合わせて、反物に小間物や呉服の端切《はぎ》れなどを付けたり、同じ品物でも他店よりすこしだけ安く売ったりした。そうしたことが評判になり、繁盛するようになったという。

「庄兵衛は、やり手だったのだな」

隼人が言った。

「ですが、呉服屋のあるじ連中のなかには、庄兵衛のやり方がおもしろくなかった者もいるはずでさァ」

利助の声が、急にちいさくなった。双眸《そうぼう》に、腕利きの岡っ引きらしい鋭いひかりが宿っている。

「いるだろうな」

呉服屋のなかには、松沢屋に客を奪われた店もあるだろう。

「これは、あっしが勝手に考えたことですがね」

そう前置きし、利助が話しだした。

「客足を伸ばした松沢屋が幕府の御用達になったら、さらに客を集めることはまちがいねえ。客を奪われた店は、商売が成り立たなくなるかもしれねえ。……そうした店は黙ってみてねえで、何か手を打つんじゃァねえかな」

「商売敵《がたき》が、庄兵衛の殺しを頼んだというのか」

隼人は、いい読みだと思ったが、そのことは口にしなかった。菊太郎と八吉は、黙って利助と隼人のやり取りを聞いている。

「決め付けるのは早《はえ》えが、そんな気がしやす」

「利助は、松沢屋に恨みを持っている呉服屋に、目をつけているのか」

隼人が声をあらためて訊いた。

「そこまでは、まだ……」

利助によると、いくつかの呉服屋にあたってみたが、はっきりしなかったという。

そのとき、脇で話を聞いていた八吉が、

「裏を取らねえとな。てめえの思い付きだけで、お縄にすることはできねえぜ」

と、窘《たしな》めるように言った。

「へえ……」

利助は首をすくめた。

「八吉の言う通りだが、利助の目の付けどころはいい。……もうすこし、松沢屋に客を奪われた呉服屋にあたってみろ」

隼人が言った。

「そうしやす」

「利助、目立たねえように動けよ。下手《へた》をすると、守助の二の舞だぞ」

隼人の物言いが、伝法《でんぼう》になった。長年、市井で事件の探索にあたっていると、ならず者や凶状持ちなどと接する機会が多くなり、どうしても言葉遣いが乱暴になるのだ。

「おれも、利助たちといっしょに、呉服屋にあたってみます」

菊太郎が身を乗り出すようにして言った。

「そうしてくれ」

隼人は、菊太郎を松沢屋の件にあたらせようと思っていたのだ。

利助たちとの話が一段落したとき、

「此度の件では、繁吉《しげきち》と浅次郎《あさじろう》も使いたいのだがな」

と、隼人が言った。

繁吉は、隼人が手札を渡している岡っ引きだった。浅次郎は、繁吉の手先である。

繁吉は、ふだん深川今川町にある船宿、船木屋《ふなきや》で船頭をしていた。繁吉は船頭の仕事があったので、大きな事件のおりだけ使うことにしていた。また、浅次郎は北本所に店のある八百屋の倅《せがれ》である。

「あっしが、今川町の親分につなぎやすぜ」

利助が言った。

「頼む。明朝、ここに顔を出すように話してくれ」

隼人は、豆菊で繁吉に会って話そうと思った。それに、隼人は繁吉の舟で行きたいところがあったのだ。

翌朝、隼人と菊太郎は奉行所に出仕せずに、ふたたび豆菊に足を運んできた。繁吉と浅次郎が、豆菊で隼人たちを待っていた。

深川今川町から豆菊のある紺屋町まで歩けばかなりあるが、舟を使えば遠くなかった。船宿のある今川町を舟で発《た》ち、大川を渡って神田川に入る。そして、和泉橋近くの桟橋に舟をとめれば、紺屋町まですぐである。

隼人は、繁吉と浅次郎に事件の経緯を一通り話した後、

「探索にあたってくれ」

と、ふたりに指示した。

「承知しやした」

繁吉が応《こた》えると、浅次郎もうなずいた。

繁吉は面長《おもなが》で細い目をしていた。船宿の船頭として、ふだん陽《ひ》にあたっているせいか、浅黒い剽悍《ひょうかん》そうな顔をしている。

「油断するなよ。下手人は、町方にも手を出すぞ。すでに、坂井が使っていた守助が殺られているからな」

隼人が念を押すように言った。

「油断はしませんや」

繁吉が言うと、浅次郎もうなずいた。

隼人は話がすむと、

「舟で本所の石原町近くまで送ってくれ」

と、繁吉に頼んだ。舟で行けば、大川の対岸にある石原町まですぐである。

「野上《のがみ》道場ですかい」

「そうだ」

隼人は、石原町にある野上孫兵衛《まごべえ》の道場へ行くつもりだった。

四

野上孫兵衛は、直心影流《じきしんかげりゅう》の達人で本所石原町に道場をひらいていた。野上は隼人の兄弟子であり、剣術の師匠でもあった。

隼人は若いころ、直心影流の団野《だんの》源之進《げんのしん》の道場に通っていた。そのころ、野上も団野道場の門弟だったのだ。団野は直心影流の十二代を継いだ男で、一門のなかでも屈指の遣い手であった。

その後、野上が石原町に野上道場をひらいたので、隼人は暇をみつけて野上に会い、剣術の指南を受けたり、また剣術道場のことで何かあると話を聞いたりしていた。ちかごろは、疎遠になっていたが、隼人は野上から、下手人が遣った左腕を斬った後に首を斬るという変わった刀法のことを聞いてみたかったのだ。

繁吉の漕《こ》ぐ舟は、隼人の他に菊太郎、利助、綾次、浅次郎の四人も乗せていた。隼人と菊太郎を石原町にある桟橋に下ろした後、繁吉たち四人は浅草駒形町へ行き、浜京のことを探ってみるという。

隼人は菊太郎を野上道場に同行させるつもりだった。門弟とまではいかないが、菊太郎に暇ができたときだけでも、野上道場で直心影流の稽古をさせようと思ったのだ。

舟は石原町の桟橋に着いた。

「旦那、迎えに来やしようか」

繁吉が艫《とも》に立って棹《さお》を手にしたまま訊いた。

「いや、いい。おれたちは、勝手に帰る」

隼人は、繁吉たちの探索の邪魔をしたくなかった。それに、野上たちとの話がいつ終わるか分からなかったのだ。

隼人と菊太郎は大川端の道から路地に入り、いっとき歩くと、野上道場が見えてきた。稽古の音は聞こえなかった。朝の稽古は、終わったようだ。

隼人たちが道場の戸口から入ると、道場で人声が聞こえた。だれかいるらしい。

「お頼み申す！」

と、隼人が声をかけた。

道場内の話し声がやみ、床板を踏む音が聞こえた。すぐに正面の板戸があき、稽古着姿の男が姿を見せた。

師範代の清国新八郎《きよくにしんぱちろう》だった。清国の顔に汗が浮いている。道場に残って、独り稽古をしていたのかもしれない。

清国は、四十歳を過ぎていた。直心影流の遣い手で、野上が老齢になったこともあり、近ごろは門弟たちの指南を一手に引き受けていた。

野上には妻子がなかったので、清国を養子に迎えることになっていた。ちかいうちに、清国が道場主になるのではあるまいか。

「長月どの、そちらは、菊太郎どのでは」

清国が菊太郎に目をむけて訊いた。清国は、菊太郎のことを知っていたが、顔を見るのは初めてなのだ。

「長月菊太郎です」

菊太郎が答えた。

「よろしく頼む。……ところで、野上どのはおられるかな」

隼人が訊いた。

「お師匠は、母屋におられます。……ともかく、上がってください。すぐに、お呼びしますから」

そう言って、清国は隼人と菊太郎を道場に上げた。

清国は、すぐに道場の裏手にある母屋にむかった。隼人と菊太郎は、道場に座して野上を待った。

「父上は、この道場で稽古をされたのですか」

菊太郎が、目を輝かせて訊いた。

「暇ができたときだけな」

隼人は町奉行の同心になってから、ほとんど稽古に来ることはなかったが、探索のおり、下手人が道場の門弟であったり、剣の遣い手であったりすると、野上から話を聞くことがあったのだ。

いっときすると、清国が野上を連れてもどってきた。

野上は老齢だった。鬢《びん》や髷《まげ》は真っ白で、顔にも皺があった。ただ、剣の修行で鍛え上げた体には、それほどの衰えはなかった。背筋が伸び、腰が据わっている。身辺には、剣の達人らしい威風がただよっていた。

野上は隼人と対座すると、

「そこもとが、菊太郎どのかな」

菊太郎に目をむけて訊いた。

「長月菊太郎です」

菊太郎が声高《こわだか》に名乗った。

「若いころの、隼人どのに似ているな。剣の筋もいいかもしれんぞ」

そう言って、野上は目を細めた。

「野上どのに、訊きたいことがあって参ったのですが」

　隼人は、先に事件のことを訊こうと思った。

「何かな」

「柳原通りで商人《あきんど》を斬った下手人が遣った剣ですが、ひどく変わっているようなのです」

　隼人は、柳原通りのことだけ口にした。大川端の件も、同じ下手人とみていたからである。

「変わっているとな」

　野上が訊いた。顔から笑みが消えている。剣術の話になると、野上は真剣になるのだ。

「はい、初太刀《しょだち》で左腕を斬り、二の太刀で首を刎《は》ねるようです」

「右腕でなく、左腕か」

　野上が聞き返した。

「そうです。しかも、左腕を下から斬っています」

「下からだと」

　野上が驚いたような顔をした。そして、いっとき虚空《こくう》を睨むように見すえて黙考し

ていたが、

「清国、相手をしてくれ」

と言って、立ち上がった。

野上と清国は、木刀を手にして道場のなかほどに立った。

「長月、斬られたのは武士か」

野上が訊いた。

「いえ、町人です」

「ならば、剣を構えて立ち合ったわけではないな」

「はい」

「ともかくやってみよう。清国、刀を構えてもいいし、そのまま立っていてもいいぞ」

そう言って、野上は木刀を下段に構えた。

清国は、木刀を手にしたまま立っていた。町人なら、刀を構えることはないとみたのであろう。

「ゆっくりやるぞ。……まず、相手の左腕を下から斬るには、下段に構えて大きく踏み込み、斬り上げるしかあるまい」

下段に構えたまま、野上は大きく踏み込んだ。

「このとき、相手がすこしでも左腕を上げれば、下から掬《すく》い上げるように左腕を斬ることになる。腕を下ろしたままなら、斜に斬り上げることになるな」

野上の話で、清国は左腕をすこし上げた。すると、野上の木刀は、清国の左腕を下から掬い上げるように打った。ただ、手の内を絞ったので、木刀の先が軽く触れただけである。

間髪をいれず、野上は木刀を横に払った。一瞬の連続技である。

野上の木刀の先が、清国の首をかすめて空を切った。野上は清国の首に当たらないように身を引いて木刀をふるったのだ。

……これだ！

隼人は胸の内で声を上げた。

野上は木刀を下ろし、清国とふたりで隼人たちの前に腰を下ろすと、

「不意をついて、相手を斬り殺す殺人剣だな」

と、顔を厳しくして言った。

「殺人剣……」

「そうだ。この刀法は、木刀や竹刀では遣えぬ。真剣勝負であっても、敵が下段から

左腕を狙ってくると分かっていれば、躱《かわ》すことができよう」

「いかさま」

隼人も、敵が下段から斬り上げてくると分かっていれば、躱せるとみた。構えを、八相《はっそう》か上段にとれば、相手は下段から左腕を狙うことはできない。それに、左手にまわり込んでくるのに合わせて右手にまわれば、敵の切っ先はとどかないだろう。

野上の言うとおり、相手の不意をつく殺人剣だ、と隼人は思った。

「このような剣を遣う者を知っていますか」

隼人が野上に訊いた。

「知らぬ。道場で、稽古のおりに遣う者はいないと思うが」

野上は、脇に座している清国に目をむけ、

「清国は、どうだ」

と、訊いた。

「それがしも、知りませんが」

「いずれにしろ、道場に通っている者ではあるまい。おそらく、真剣勝負のなかで斬り覚えた剣だな」

「……」

隼人は無言でうなずいた。

次に口をひらく者がなく、いっとき道場内は静寂につつまれていたが、

「実は、野上どのに頼みたいことがあって参ったのです」

と、隼人が声をあらためて言った。

「何かな」

「菊太郎を門弟のひとりにくわえていただけませんか。ただ、菊太郎も奉行所に出仕しましたので、稽古に来られるのは限られたときだけですが……」

隼人が言うと、

「お願いいたします」

菊太郎が、両手を道場の床について深々と頭を下げた。

「いつでも、稽古に来るといい。長月どのもいっしょにな」

野上が目を細めて言った。

五

菊太郎は隼人と野上道場に出かけた翌日、利助と綾次を連れて神田須田町にむかった。松沢屋に恨みをもっている呉服屋を探ってみようと思ったのだ。

庄兵衛と留次郎を殺したふたりが殺し屋なら、殺しを頼んだ者がいるはずである。殺しの依頼人をつきとめれば、殺し屋もつきとめることができるだろう。

菊太郎は、須田町にむかいながら、利助に昨日浜京を探って何か知れたか訊いてみたが、事件にかかわる新たなことは出てこなかったという。

「他の呉服屋で話を訊けば、何か出てくるかもしれん」

歩きながら、菊太郎が言った。

「菊太郎さん、須田町には松沢屋の他に呉服屋の大店《おおだな》はありませんぜ」

そう言って、利助は菊太郎に目をやった。

「そうだろうな」

呉服屋の大店があるのは、日本橋駿河《するが》町か本町である。日本橋から離れた須田町に何軒もの呉服屋があるとは、思えない。

「鍋町にはありやす」

利助が言った。

「何という店だ」

日本橋鍋町は、須田町より日本橋寄りである。

「大橋《おおはしや》屋でさァ」

利助によると、大橋屋は庄兵衛が松沢屋を継ぐ前までは繁盛していて、店も大きかったという。ところが、庄兵衛が店を継いでからは客足が遠退き、いまは店の規模も松沢屋にかなわないそうだ。

「大橋屋を探ってみるか」

菊太郎が言った。

「そうしやしょう」

菊太郎たち三人は、中山道を北にむかった。

鍋町に入って間もなく、利助が路傍に足をとめ、

「あの店ですぜ」

と言って、通り沿いの店を指差した。

呉服屋らしい二階建ての店だった。店の脇の立て看板に大橋屋と記されている。店先に暖簾がかかり、客が出入りしていたが、松沢屋ほどの活況はなかった。

「繁盛しているようには、見えないな」

菊太郎が大橋屋に目をやりながら言った。

「どうしやす」

利助が訊いた。

「店に入って訊くわけにはいかないな。近所で聞き込んでみるか」

菊太郎は、通り沿いの店に目をやった。

太物《ふともの》問屋、瀬戸物屋、酒屋などが並んでいたが、表通りにあるだけに、どれも大店で客が頻繁に出入りしていた。

「路地に入った方が、話が聞けるかもしれねえ」

利助が通りに目をやった。

「親分、瀬戸物屋の脇に路地がありやすぜ」

綾次が指差した。

見ると、通り沿いの瀬戸物屋の脇に路地があった。路地を行き来するひとの姿が見えた。路地沿いには、小体《こてい》な店が並んでいる。

「入ってみるか」

菊太郎たちは、瀬戸物屋の脇の路地に入った。

路地沿いには、そば屋、一膳めし屋、酒屋などの飲み食いする店が多かった。行き来する人は、ほとんど町人で土地の者が多いようだ。

「菊太郎さん、下駄《げた》屋で訊いてみやすか」

利助が、路地の先を指差して言った。

半町ほど先に、下駄屋があった。店先の台に下駄が並んでいる。遠目にも、赤や紫などの鼻緒が鮮やかだった。

菊太郎たちが下駄屋に近付くと、

「あっしが訊いてきやす」

利助が言い残し、足早に下駄屋にむかった。

菊太郎と綾次が路傍で待つと、いっときして利助がもどってきた。

「何か知れたか」

菊太郎が訊いた。

「それが、てえした話は聞けなかったんで」

利助によると、下駄屋の親爺《おやじ》が知っていたのは、大橋屋のあるじの名が藤五郎《とうごろう》で、ここ十年ほどの間に大橋屋の客足が落ち、奉公人の人数もすくなくなったことぐらいだという。

「別の店で訊いてみるか」

菊太郎たちは、路地を歩いた。

「八百屋がありやすぜ」

綾次が言った。

店先の台に、青菜や大根などが並べてあった。近所に住む長屋の女房らしい女が、店の親爺と何やら話している。

「今度は、おれが訊いてみる」

菊太郎が、八百屋に足をむけた。

利助と綾次は、慌てた様子で菊太郎の後を追ってきた。

「商売の邪魔をしてすまぬが、訊きたいことがある」

菊太郎が、親爺に身を寄せて言った。

「な、なんです」

親爺が驚いたような顔をした。

脇に立っていた女房らしい年増《としま》も、目を剝《む》いて菊太郎を見ている。いきなり見知らぬ若侍が近付いてきて、声をかけたからだろう。

「表通りに大橋屋という呉服屋があるな」

菊太郎は、かまわず大橋屋の名を出した。

「ありやすが……」

親爺は、怪訝《けげん》な顔をした。

「実は、おれの姉が大橋屋で反物を買ったのだ。ところが、屋敷に帰ってあらためて見ると、すこし汚れがあった」

菊太郎は適当な作り話を口にした。

「へえ……」

親爺は、菊太郎の顔を見て首をひねった。若侍が何を言いたいのか、分からないのだろう。

「それで、おれが姉といっしょに大橋屋に来て、反物を返したいと話したのだ。そうしたら、手代が渋い顔をしてな、反物をお渡ししたときは、汚れはございませんでした、と言い張るのだ。それで、仕方無し、反物を引き取ったのだが……。大橋屋は、いつもああなのか。近所の評判はどうだ」

菊太郎は一方的に話した。

すると、親爺の脇に立っていた年増が、

「お侍さま、大橋屋の評判はよくないんですよ」

と、声をひそめて言った。

「やはりな。……どうしてだ」

さらに、菊太郎が訊いた。

「大橋屋は、むかしのまんまの売り方でしてね、須田町の松沢屋さんみたいに、客を大事にしないからですよ」

年増が、もっともらしい顔をして言った。

「それで、あるじの藤五郎は、何も手を打たないのか」

「手を打ったようですがね。一度離れた客を呼び戻すのは、大変でさァ」

親爺が、脇から口をはさんだ。

いつの間にか、親爺も年増も大橋屋の話になっている。

「ところで、柳橋の料理屋の前で、藤五郎を見かけたのだがな。料理屋に、出かけることもあるのか」

菊太郎は、藤五郎が柳橋の浜乃屋と何かかかわりがあるかもしれないと思い、訊いてみたのだ。

「そういえば、あっしも柳橋で藤五郎さんを見かけたことがありやすぜ」

親爺が言った。

「親爺さんは、柳橋に飲みに行くことがあるのかい。隅に置けないねえ」

年増が茶化すように言った。

「飲みに行ったなんて、言ってねえぜ。通りかかっただけだよ」

親爺が、渋い顔をした。

「そのとき、藤五郎はひとりだったのか」

菊太郎が、身を乗り出すようにして訊いた。

「手代といっしょだったな」

「手代か」

菊太郎は、藤五郎が庄兵衛と留次郎を斬った者たちといっしょにいたのではないかと思ったのだが、そうではないようだ。

「その手代の名は」

菊太郎が訊いた。

「房次郎《ふさじろう》さんでさァ」

「房次郎か」

菊太郎は、機会を作って、房次郎にも話を訊いてみようと思った。

「手間を取らせたな」

菊太郎は親爺に声をかけて、店先から離れた。

「菊太郎さん、うまく聞き出しやしたね」

利助が感心したように言った。

六

菊太郎たちが表通りにもどり、大橋屋の方へ歩きかけたとき、路傍の天水桶《てんすいおけ》の陰にいる男が目にとまった。

「磯吉ですぜ」

利助が言った。磯吉は、殺された守助が使っていた下っ引きである。

「やつも、大橋屋に目をつけたようですぜ」

「そうらしいな」

菊太郎が磯吉に目をやりながら言った。

磯吉は大橋屋に出入りする者のなかに、庄兵衛や親分の守助を殺した牢人体《ろうにんてい》の男がいるかもしれないとみて、店を見張っているのではあるまいか。

「菊太郎さん、どうしやす」

利助が訊いた。

「そうだな。……すこし遠いが、柳橋まで行ってみるか」

菊太郎は空に目をやって言った。

陽は頭上にあった。九ツ（正午）を過ぎているのではあるまいか。

「途中、豆菊によってめしを食いやすか。……腹が減っちまって」

利助が言うと、

「そうしよう。おれも、腹が減った」

菊太郎が足を速めた。

菊太郎たち三人は、豆菊に立ち寄り、およが作ってくれた茶漬けで腹拵《はらごしら》えをし、一休みしてから柳橋にむかった。

三人は柳橋の料理屋や料理茶屋などがつづく通りに入ると、

「先に、浜乃屋で訊いてみやすか」

歩きながら、利助が言った。

「その前に、あの紅屋で訊いてみないか」

菊太郎は、浜乃屋の脇にあった紅屋を思い出したのだ。

「そうしやしょう」

菊太郎たちは、すこし足を速めた。

前方に、浜乃屋と紅屋が見えてきた。紅屋の前に町娘の姿があった。紅を買っているのかもしれない。

菊太郎たちは、ゆっくりした足取りで紅屋にむかった。町娘が店先から離れるのを待ってから、話を訊こうと思ったのだ。

町娘が店先から離れるのを見て、

「おれが訊いてみる」

と言って、菊太郎が足を速めた。

利助と綾次は、菊太郎から間をとってついていく。

菊太郎は紅屋の店先に立つと、以前見かけた年増に、

「ちと、訊きたいことがあるのだがな」

と、声をかけた。

「何でしょうか」

年増は、店先まで出てきた。

「大橋屋という呉服屋の旦那が、浜乃屋を贔屓《ひいき》にしていてよく来るらしいんだが、見かけたことはあるか」

菊太郎は、大橋屋の名を出して訊いた。

「さァ、お客さんのことは、分かりませんが」

年増は、素っ気なく答えた。

「呉服屋の旦那は、牢人といっしょに浜乃屋に来るようだ。……実は、その牢人に用

があって探しているのだがな」

「そう言えば、大店の旦那らしい方が、牢人のようなお侍と浜乃屋さんから出てくるのを見かけたことがありますよ」

「見かけたか」

菊太郎の声が大きくなった。

「はい、大店の旦那と牢人のようなお侍が、いっしょに店から出てきたので覚えてるんです」

「それで、ふたりは、どちらにむかった」

「店先で別れましたよ」

年増によると、大店の旦那ふうの男は通りを西にむかい、牢人ふうの侍は東にむかったという。

「そうか」

藤五郎は人目を引かないように、牢人と店先で別れたようだ。

「手間をとらせたな」

菊太郎たちは、紅屋の店先から離れた。浜乃屋で訊いてみようと思ったのである。

浜乃屋の入口の格子戸をあけてなかに入ると、女中らしい年増が対応に出た。

「八丁堀の者だが、女将《おかみ》に会いたい」

と、菊太郎が言った。すでに、女将のおしなから話を聞いていたので、分かりが早いだろうと思ったのだ。

「お待ちください」

女中はすぐに帳場にむかった。おしなは、帳場にいるらしい。

待つまでもなく、おしなが顔を出した。おしなは、菊太郎のことを覚えていたらしく、板間の上がり框近くに座ると、

「松沢屋さんのことをお調べですか」

と、すぐに訊いた。

「そうだが、今日は大橋屋のことでな」

「呉服屋の大橋屋さんですか」

女将が言った。どうやら、大橋屋のことを知っているようだ。

「あるじの藤五郎は、この店で飲んだことがあるな」

菊太郎は、藤五郎の名を出して訊いた。

「はい」

「そのとき、武士もいっしょではなかったか」

菊太郎は、牢人ではなく武士と口にした。

「は、はい、ごいっしょでした」

女将が、驚いたような顔をして答えた。菊太郎が、武士といっしょだったことまで、知っていたからだろう。

「店に来たのは、ふたりか」

「いえ、五人でした」

「五人だと！　藤五郎と手代の房次郎。それに、牢人体の武士の他にふたりいたのか」

菊太郎の声が大きくなった。

「はい」

「他のふたりは、何者だ」

「名は存じませんが、年配の方と職人ふうの方でした」

女将によると、年配の男は料理屋か料理茶屋のあるじのような感じがしたという。

また、職人ふうの男は小袖を裾高に尻《しり》っ端折《ばしょ》りし、黒股引《くろももひき》を穿《は》いていたそうだ。

……職人ふうの男は、留次郎を仕留めた殺し屋かもしれない。

と、菊太郎は思った。もうひとりの年配の男は、まだ何者か分からない。

「五人がどんな話をしたか、覚えているか」

　菊太郎が訊いた。

「いえ、何も……。話を聞いてませんので」

　女将は挨拶だけしてすぐに座敷を出たので、五人がどんな話をしたか知らなかった。

また、藤五郎たちは座敷につく女中も断ったので、店の者はだれも話を聞いてないはずだという。

「よく、覚えているな」

　浜乃屋は大きな店で、座敷も多い。女将は、どの座敷にも挨拶にまわるはずである。

それにしては、藤五郎たちの座敷のことをよく覚えている。

「三日ほど前、御用聞きがみえましてね。大橋屋さんの座敷の様子をいろいろ訊かれたからです」

　女将が言った。

「御用聞きの名は」

「名は訊きませんでしたが、若い方でしたよ」

　女将がそう答えたとき、菊太郎の背後にいた利助が、

「磯吉ですぜ」

と、耳打ちした。

菊太郎の脳裏に、天水桶の陰から大橋屋を見張っていた磯吉のことがよぎった。どうやら、磯吉も、大橋屋の藤五郎が殺し屋らしいふたりと浜乃屋でひそかに会ったことをつきとめたらしい。

菊太郎たち三人は、浜乃屋を出た。

「菊太郎さん、藤五郎が庄兵衛たちの殺しを頼んだんですぜ」

利助が目をひからせて言った。

七

「旦那！　長月の旦那」

戸口で、隼人を呼ぶ庄助の声がした。

隼人と菊太郎は、事件の探索に行くため支度を終えたところだった。支度といっても、ふたりとも羽織袴姿だった。このところ、隼人も八丁堀の同心と知れないように御家人ふうの格好で出歩いていた。

「何かあったようだ」

隼人は、すぐに戸口にむかった。座敷にいた菊太郎とおたえも、慌てた様子でついてきた。

戸口には、庄助と利助の姿があった。利助の顔が紅潮し、汗でひかっていた。急いで来たらしい。

「どうした、利助」

隼人が利助に訊いた。

「や、殺られやした！　磯吉が」

利助が声をつまらせて言った。

「場所はどこだ」

隼人は、すぐに現場に行こうと思った。

「小柳町で」

「すぐ行く」

隼人は、おたえに刀を持ってくるように指示した。すると、菊太郎はおたえにつづいて座敷にむかった。自分の刀を取りにいったらしい。

隼人と菊太郎は、戸口で刀を差した。菊太郎も行く気になっている。

「旦那さま、菊太郎、気をつけて」

おたえが、ふたりに声をかけた。

隼人たちは、利助につづいて日本橋にむかった。中山道へ出て小柳町に行くつもりだった。

小柳町の路地に入って間もなく、

「旦那、あそこですぜ」

そう言って、利助が前方を指差した。

路地に、人だかりができていた。近所の住人が多いようだが、岡っ引きや下っ引きらしい男も集まっていた。

「坂井も来ている」

隼人は、人だかりのなかに坂井の姿があるのを目にした。

隼人たちが人だかりに近付くと、「長月さまだ！」「菊太郎さんも、いっしょだぞ」などという声がし、男たちが身を引いた。長月と菊太郎のことを知っている岡っ引きたちらしい。

隼人たちは、人だかりのなかほどに立っていた坂井のそばに近寄った。

「長月さん、磯吉です」

坂井が沈痛な顔をして足元に目をやった。

磯吉が仰向《あおむ》けに横たわっていた。苦しげに顔をしかめたまま死んでいる。磯吉の胸の辺りが、どす黒い血に染まっていた。出血が激しい。刃物で、胸を刺されたらしい。

「正面から一突きだ」

隼人は、刀傷ではないとみた。着物の胸の辺りに、鋭利な刃物で刺された痕があるだけだった。隼人は何者かが匕首《あいくち》のような武器を手にし、体ごと突き当たるようにして磯吉を仕留めたとみたのだ。

「磯吉は、松沢屋の庄兵衛たちを襲った下手人を追っていたのだな」

隼人が坂井に訊いた。

「そうです。鍋町の大橋屋に目をつけ、ここ二日ほど張り込んでいたようです。守助につづいて、磯吉も殺られました」

坂井がうわずった声で言った。

「下手人は刀ではなく、匕首を遣ったようだ」

隼人はあらためて磯吉の死体に目をやった。

「すると、下手人は留次郎を殺った町人では」

「そうみていいな」

隼人がうなずいた。

「殺られたのは、昨夜《ゆうべ》です。現場を目にした者がいるかもしれません。聞き込みにあたらせます」

坂井はそう言って、その場に集まっていた岡っ引きや下っ引きに、聞き込みにあたるよう指示した。

岡っ引きたちは、すぐにその場を離れた。だが、どの足も重かった。守助につづいて、磯吉も殺られたのを目にして、自分たちも襲われるのではないかという不安があるようだ。

隼人は、利助とその場にいた綾次を呼び、

「鍋町にある大橋屋からここまでの道筋をあたってみろ」

と、命じた。磯吉は大橋屋からの帰りに襲われた、と隼人はみたのである。

「おれも行く」

菊太郎は、利助たちといっしょにその場を離れた。

隼人は磯吉の無残な死体に目をやったまま、

「坂井、おれたちも迂闊《うかつ》に動けないぞ」

と、声をひそめて言った。その場にいる野次馬たちに、聞こえないように気を使ったのである。

「承知してます」

坂井の顔が、こわ張っていた。手先たちだけでなく、八丁堀同心も襲われる恐れがあるのだ。

それから、一刻（二時間）ほどすると、その場を離れた岡っ引きや下っ引きたちが、ひとりふたりともどってきた。隼人たちは岡っ引きたちから報告を受けたが、磯吉が殺されたところを目撃した者はいなかった。

菊太郎たちがもどってきたのは、陽が西の空にまわってからだった。

「父上、やはり、磯吉は大橋屋を見張っていたようです」

菊太郎たちは大橋屋の近所で聞き込み、店の近くで磯吉の姿を目にした者から話を聞いたという。

「大橋屋が、庄兵衛たちの殺しにかかわっているのは、まちがいないようだ」

隼人が、虚空を睨むように見すえて言った。

第三章　下段くずし

一

「また、坂井の手先が殺されたそうですね」

天野が眉を寄せて言った。

隼人たちが磯吉の死体を検屍《けんし》し、近所の聞き込みにあたった翌日だった。隼人と菊太郎が、探索に出かけようとしていたところに天野が姿を見せたのだ。

隼人は天野を庭に面した座敷に上げた。鍋町にある大橋屋が、此度《こたび》の件にかかわっていることを話すとともに、天野から探索の様子を訊《き》いておこうと思ったのだ。

「磯吉を殺《や》ったのは、殺し屋のひとりとみている」

隼人が、磯吉は匕首《あいくち》で殺されたらしいことを話した。

「守助につづいて、磯吉ですか。坂井も、気にしてるでしょうね」

天野が言った。

「坂井もそうだが、手先たちの多くが探索に二の足を運んでいる。下手《へた》に動くと、自分も殺られると思っているようだ」

隼人は、小柳町の現場で見た岡っ引きや下っ引きの動きが鈍かったことを思い出した。

「仕方ないでしょうね」

天野が眉を寄せて言った。

「ここまで来たら、大橋屋のあるじの藤五郎を引っ張って、話を聞く手もあると思っているのだが……」

隼人は言い淀《よど》んだ。

藤五郎が殺し屋たちに庄兵衛殺しを頼んだ、と隼人はみていたが、確かな証《あかし》はなかった。柳橋の浜乃屋で、藤五郎が殺し屋と思われる男たちといっしょに飲んでいたことだけである。

そのとき、隼人と天野のやり取りを聞いていた菊太郎が、

「おれが、囮《おとり》になります」

と、身を乗り出すようにして言った。

「囮だと」

隼人が聞き返した。

「はい、おれが、磯吉と同じように大橋屋を見張ります。そうすれば、かならず殺し屋がおれを襲ってくるはずです。そこを押さえればいい」

「待て、それも手だが、あまりに危険だ」

隼人は殺し屋たちの手が読めなかった。殺し屋たちが通行人を装い、すれちがいざま斬りつけてきたら防ぎようがないだろう。囮どころか、殺し屋たちの餌食《えじき》になってしまう。

「それは、最後の手段だな」

隼人はそう言った後、天野に顔をむけ、

「天野、何か知れたか」

と、訊いた。天野は、浅草の並木町にある藤木屋と駒形町にある浜京のことを探っていたのだ。

「藤木屋ですがね。近いうちに店をしめるようですよ」

天野が言った。

「店をしめるだと。……商売がたちゆかなくなったのか」

「それもあるようですが、藤木屋を居抜きで買い取る者があらわれたようです」

「何者だ」

「浜京ですよ。浜京のあるじの桑右衛門《そうえもん》が、藤木屋の若旦那の忠次郎《ただじろう》と会って話をつけたようです」

天野によると、若旦那の忠次郎が、殺された鶴蔵に代わって藤木屋の切り盛りをしていたという。

「念のため、忠次郎に会って話を聞いたんですが、浜京から話があって、すぐ飛び付いたそうです。忠次郎はこれ以上藤木屋はつづけられないと思っていたらしく、渡りに舟だったようです」

「それで、忠次郎は店を売った後、どうするのだ」

「花川戸町《はなかわど》に、料理屋をひらくそうです。藤木屋からみれば、ちいさな料理屋のようですが、忠次郎は藤木屋をつづけるよりましだと言ってました」

「浜京は、此度の件に何かかかわりがあるはずだがな」

隼人は、守助が浜京のことを探っていて殺されたことを思い出した。

「まだ、事件とのかかわりは、みえていません」

天野が視線を膝先に落とした。

そのとき、隼人と天野のやり取りを聞いていた菊太郎が、

「浜乃屋の女将が、大橋屋の藤五郎といっしょに店に来た者たちのなかに、料理屋のあるじらしい年配の男がいたと話してました」

と、身を乗り出すようにして言った。

「その男が、浜京の桑右衛門ではあるまいか」

隼人はいっとき黙考していたが、天野に目をむけて言った。

「料理屋のあるじというだけで、桑右衛門ときめつけられないな。……天野、引き続き浜京を洗ってみてくれ」

「承知しました」

「天野、気をつけろよ。殺し屋たちは、おれたち八丁堀も狙ってくるぞ」

「油断はしません」

天野が顔をひきしめた。

その場の話がひとくぎりついたとき、

「さて、出かけるか」

隼人が天野と菊太郎に声をかけた。

「長月さんたちは、どこへ」

天野が腰を上げて訊いた。

「菊太郎と鍋町に行くつもりだ」

隼人と菊太郎も腰を上げた。

「大橋屋ですか」

「そうだ。手代の房次郎から、話を聞いてみようと思う」

菊太郎が聞き込みでつかんできたのだが、房次郎は藤五郎といっしょに柳橋へ出かけたことがあるらしい。隼人は房次郎をたたけば、何か知れるとみていたのだ。

隼人たち三人が座敷から出て、戸口に足をむけると、おたえが姿を見せた。隼人たちを見送るつもりらしい。

おたえに見送られて、隼人たちは木戸門から通りに出た。

秋の陽射《ひざ》しが、組屋敷のつづく通りを照らしていた。通りは人影がなく、ひっそりしていた。同心たちの多くが八丁堀の組屋敷を出て、南北の奉行所内や市中でそれぞれの任にあたっているのである。

二

隼人と菊太郎は、日本橋を渡ったところで天野と別れた。天野は、これから浅草まで向かうようだ。

隼人たちは、中山道を北にむかった。鍋町へ行くのである。隼人と菊太郎は、八丁堀ふうでなく、御家人ふうに身装《みなり》を変えていた。網代笠《あじろがさ》をかぶって、顔も隠している。大橋屋の奉公人たちに、探索にあたっていることを気付かれないためである。

神田鍛冶《かじ》町まで来たとき、路傍で綾次が待っていた。綾次は、隼人たちの姿を目にすると、足早に近寄ってきた。

「利助はどうした」

隼人が訊いた。付近に利助の姿がなかった。

「親分は、先に行って大橋屋を見張っていやす」

「おれたちも行こう」

隼人は、この辺りで利助たちと待ち合わせて大橋屋に行くことにしていた。ところが、隼人たちが遅くなったため、利助は綾次だけその場に残し、先に大橋屋へ行ったらしい。

隼人たちは、急いだ。下手に大橋屋の近くに張り込み、藤五郎の目にとまると、磯吉の二の舞になる恐れがあると思ったのだ。

鍋町に入り、前方に大橋屋が見えてきたところで、

「親分は、あそこにいやす」

綾次が路傍を指差して言った。

見ると、瀬戸物屋の脇に利助の姿があった。そこから、大橋屋の店先に目をやっているようだ。

利助は隼人たちを目にすると、小走りに近寄ってきて、

「旦那、何かあったんですかい」

と、うわずった声で訊いた。隼人たちが、なかなか姿を見せなかったので、何かあったと思ったようだ。

「いや、出がけに天野が来てな、藤木屋と浜京のことを話していたのだ」

隼人が言った。

「そうでしたかい」

利助が、ほっとしたような顔をした。

「それで、何か動きがあったか」

「変わったことは、ありません」

利助によると、この場に来てから大橋屋に出入りしたのは、客を送り出した手代と客だけだという。

「店を見張っていても、何もつかめないかもしれん。それに、下手をすると磯吉の二

の舞だぞ。……ここまできたら、手代の房次郎を押さえて口を割らせるのも手だな」

「大橋屋に踏み込んで、房次郎をお縄にしやすか」

　利助が意気込んで言った。

「それは、駄目だ。藤五郎や殺し屋たちに気付かれると、姿を消すかもしれん。それに、房次郎が悪事を働いたわけではないからな。下手をすると取り違いということになり、今後大橋屋に手を出すのがむずかしくなる」

　隼人は、房次郎に縄をかけず、番屋にも連れていかずに、ひそかに豆菊で話を聞くつもりでいた。幸い豆菊は鍋町から遠くないので、人目に触れずにことが運べるだろう。

「どんな手を使いやす」

　利助が訊いた。

「八丁堀の者と知れないように、うまく房次郎を呼び出せるといいんだが……」

　隼人は語尾を濁した。いい手が思いつかなかったのだ。

「近所の者に頼みましょう」

　菊太郎が、身を乗り出して言った。

「当ては、あるのか」

「近くの路地で、大橋屋のことを訊いたことがあります。そこで頼めそうな者を探し、房次郎を呼び出してもらうのです」

菊太郎が言うと、

「あの路地なら、房次郎のことを知っている者がいるはずですぜ」

利助も、すぐにその気になった。

「こっちでさァ」

利助が先に立ち、瀬戸物屋の脇の路地に入った。

以前、利助が話を聞いた下駄《げた》屋の前に年増《としま》がいた。店の親爺《おやじ》と何か話している。近所の小料理屋の女将《おかみ》であろうか。小粋な感じがした。子供用のちいさなぽっくりを手にしている。娘のために、買いに来たらしい。

「あの女と、話してみます」

そう言って、菊太郎が下駄屋にむかった。

隼人は何も言わなかった。この場は、菊太郎にまかせてみようと思ったのだ。隼人たちは、すこし離れたそば屋の脇に身を隠して菊太郎に目をやった。

菊太郎は下駄屋の店先に近付き、

「訊きたいことがあるのだが……」

と、わざと戸惑うような顔をして言った。

「なんでしょう」

年増が訊いた。色白のほっそりした女だった。若い菊太郎に好感を持ったのか、声に優しいひびきがあった。

「表通りに、大橋屋という呉服屋があるのを知ってますか」

菊太郎が訊いた。丁寧な物言いである。

「知ってますよ」

「実は、わたしの姉が大橋屋に呉服を買いに来て、房次郎さんという手代に親切にしてもらったらしいんです」

菊太郎は身を竦《すく》めるようにして言った。

「それで、どうしたの」

年増が優しい声で訊いた。

「姉から、房次郎さんに渡してくれと頼まれて、預かってきた物があるのです」

そう言って、菊太郎は胸の辺りを手で押さえた。手紙が入っているように、思わせたのである。

「まァ、そうなの」

年増の口許《くちもと》に笑みが浮いた。

「大橋屋の店先まで来たんですが、店に入りづらくて……。それに、房次郎という手代の顔も知らないんです」

「困ったわねえ」

「それで、お姐《ねえ》さんの顔を見掛けて、頼もうかと」

「お姐さん、あたしが」

年増は下駄屋の親爺と顔を合わせて、目を細めた。

「この路地の近くまででいいんです。房次郎さんを呼んでもらえませんか」

菊太郎は、年増を見つめて言った。なかなか芸達者である。

「いいわよ。……それだけなら、お安い御用」

年増は下駄屋の親爺に、すぐもどるからね、と言い残し、菊太郎とふたりで路地を出た。

隼人、利助、綾次の三人は年増に気付かれないように、すこし間をとって菊太郎たちの後についていった。

三

菊太郎は路地の角に立ち、遠ざかっていく年増の背に目をやっていた。隼人たちは付近に身を隠している。

年増は、大橋屋に入った。手間取っているらしく、なかなか出てこなかった。

菊太郎が様子を見てこようかと思い、大橋屋の方へ歩きかけたとき、年増が手代らしい男を連れて店から出てきた。その男が、房次郎らしい。

菊太郎は路地の角で、年増と房次郎が近付いてくるのを待った。

年増は路地の近くまで来ると、

「この男《ひと》ですよ」

と言って、菊太郎を指差した。

房次郎は首をひねっていたが、年増について菊太郎のそばまで来た。

「房次郎さんです」

年増が言うと、房次郎は菊太郎を見ながら小首をかしげた。

菊太郎は年増に、

「お手間をとらせました」

と言って、頭を下げた。年増は、

「後は、まかせましたよ」

と言い残し、後ろを振り返りながら下駄屋にむかった。

菊太郎は、あらためて房次郎に顔をむけ、

「青山浜之助《あおやまはまのすけ》といいます。姉から、預かった物があります」

そう言って、懐に手を入れ、すこしずつ後じさった。路地の角に房次郎を引き寄せようとしたのだ。口にした青山という名は、咄嗟《とっさ》に頭に浮かんだ偽名である。

房次郎は菊太郎に近付いてきた。まだ、不審そうな顔をしている。

「これです」

菊太郎が懐から紙入れを取り出した。

そのときだった。路地の角付近に身を隠していた隼人、利助、綾次の三人が飛び出した。

房次郎は、ギョッとしたようにその場に立ち竦んだが、すぐに踵《きびす》を返して逃げようとした。

「動くな！」

隼人が房次郎の背後にまわり、後ろから手をまわして小刀の切っ先を房次郎の首に突き付けた。素早い動きである。

そこへ、利助と綾次が走り寄り、房次郎の両側にまわり込んだ。三人で取り囲んだのである。

「こっちへ来い」

隼人は、急いで房次郎を路地に引き入れた。

隼人、菊太郎、利助、綾次の四人は房次郎を取りかこみ、表通りに出た後、すぐに別の路地に入った。そして、人影のすくない路地をたどって紺屋町にむかった。

隼人たちが房次郎を連れ込んだのは、豆菊の奥の座敷だった。ふだん、八吉やおよが居間に使っている座敷である。

隼人たちは、房次郎を座敷のなかほどに座らせて取り囲んだ。座敷の隅には、八吉の姿もあった。

隼人は八丁堀同心であることを口にしてから、

「ここは、おれたちの白洲《しらす》だ」

と言って、房次郎の前に立って言った。

房次郎は蒼《あお》ざめた顔で身を顫《ふる》わせていたが、隼人を見上げて、

「て、てまえは、何もしておりません。何かのお間違いです」

と、訴えるように言った。

「おれたちも、おまえが悪事を働いたとは思っていない。だから、大番屋ではなく、

ここに連れてきたのだ」

「……」

房次郎が戸惑うような顔をした。

「だが、包み隠さず話さなければ、町方の手先を殺した下手人たちと同罪とみなす。……死罪は免れまいな」

「し、死罪……」

房次郎の顫えが激しくなった。

「では、訊くぞ。おまえは、あるじの藤五郎といっしょに、柳橋の浜乃屋に行ったことがあるな」

隼人が訊いた。

房次郎は隼人に目をやり、戸惑うような顔をしたが、

「ございます」

と、小声で言った。あるじと浜乃屋に行ったことまで、隠す必要はないと思ったようだ。

「藤五郎は、浜乃屋でだれと会ったのだ」

「と、得意先の方です」

房次郎が、声をつまらせて言った。

隼人は腰に差していた小刀を抜き、房次郎の首筋に切っ先を突き付け、

「おい、でたらめなことを口にして、ごまかそうとするなら、この場で首を刎《は》ねるぞ。おれたちに刃物を持ってむかってきたので、やむなく斬ったとでも言えば、それで始末がつくからな」

そう言って、小刀をすこしだけ引いた。

ヒッ、と房次郎が悲鳴を上げて、首をすくめた。首に細い血の線が浮き、ふつふつと血が噴き、いくつもの赤い筋を引いて流れた。

「だれと、会ったのだ」

隼人が語気を強くして訊いた。

「お、お名前は存じませんが、ご牢人《ろうにん》の方と職人ふうの方でした」

房次郎が声を震わせて言った。

「そのふたりが、松沢屋のあるじと手代を殺したのか」

「そ、そうです」

房次郎は隠さなかった。顔がひき攣《つ》ったようにゆがんでいる。

「あるじの藤五郎が、殺しを依頼したのだな」

隼人が断定するように言った。

房次郎は口をとじたままだったが、隼人はそれ以上訊かなかった。藤五郎が殺し屋とひそかに会っていたことが知れれば、お縄にすることができるからだ。

「その座敷には、料理屋のあるじもいたそうだな」

「は、はい」

房次郎が声をつまらせて答えた。

「そやつの名は」

隼人は、その男も此度の事件にかかわっているような気がしたのだ。

「存じません。座敷にいる間、だれも名を口にしなかったのです」

房次郎が、訴えるように言った。

「座敷で、その男のことを何と呼んでいたのだ」

「旦那とか、元締めとか……」

「元締めだと！」

隼人は、その男が殺し屋の元締めではないかと思った。

隼人につづいて、利助や八吉も房次郎に訊いたが、元締めの名はむろんのこと、居所も知れなかった。

隼人の訊問《じんもん》がひととおり済むと、

「てまえの知っていることは、みんな話しました。あるじにも、今日のことは話しませんから、帰してください」

房次郎が訴えるように言った。

「帰してもいいがな。すぐに殺されるぞ、藤五郎は、おまえが店からいなくなったことに気付いたはずだ。始末されるぞ」

「……！」

房次郎の顫えがますます激しくなった。

「命が惜しかったら、しばらくここでおとなしくしてるんだな」

そう言って、隼人は立ち上がった。

すぐに、動かねばならない、と隼人は思った。房次郎がいなくなったことに気付いた藤五郎は、町方に捕らえられたとみるだろう。そして藤五郎は捕方の手から逃れるために、いったん店から姿を消すのではあるまいか。

隼人の読みはあたった。

隼人は房次郎を捕らえて吟味したその日のうちに、八吉の手も借りて五人で大橋屋にむかったが、藤五郎はいなかった。店の奉公人の話では、藤五郎は得意先との相談があると言って店を出たきりもどらないという。

四

藤五郎の死体が発見されたのは、隼人たちが房次郎を捕らえて吟味した二日後だった。発見場所は、浅草諏訪《すわ》町である。大川岸の栈橋の杭《くい》に、藤五郎の死体がひっかかっていたのを船頭が見つけたのだ。

藤五郎の死を、隼人に知らせたのは繁吉だった。繁吉は船頭仲間から話を聞くと、舟で大川を下り、日本橋川に入って南茅場《みなみかやば》町にある栈橋まで来た。そして、八丁堀にある隼人の住む組屋敷に走り込んだのである。

隼人は繁吉から話を聞くと、

「すぐ行く」

と言って、そばにいた菊太郎に目をやった。

「おれも行きます」

菊太郎は、隼人といっしょに戸口を出た。

隼人たち三人は、栈橋につないであった繁吉の舟に乗り込んだ。舟は日本橋川を下って大川へ出ると、水押《みよ》しを川上にむけた。このまま大川を遡《さかのぼ》れば、諏訪町の栈橋に着ける。舟を使えば、八丁堀から諏訪町はすぐである。

隼人たちの乗る舟は両国橋をくぐり、右手に浅草御蔵の土蔵を見ながら川上にむかって進んだ。

浅草御蔵の脇を過ぎると、繁吉は水押しを左手の浅草側に寄せた。舟の左手には家並がひろがっている。

御厩河岸《おんまやかし》の渡し場を過ぎて間もなく、

「桟橋が見えてきやした」

と、艫《とも》に立っている繁吉が声をかけた。その辺りは、諏訪町である。

左手の岸際に、桟橋がちいさく見えた。大勢のひとが集まっている。そこに藤五郎の死体が置かれているようだ。

繁吉は桟橋が近付くと、舟を左手の岸際に向けて船縁《ふなべり》を桟橋の端に寄せた。

船縁が桟橋に着くと、

「下りてくだせえ」

繁吉が、隼人たちに声をかけた。

隼人と菊太郎が、先に桟橋に下りた。すると、利助と綾次が、桟橋に集まっている船頭や町方の手先たちの間をすり抜けるようにして近付いてきた。先に、桟橋に来ていたらしい。

「藤五郎が殺られやした！」

利助がうわずった声で言った。

「死体《ほとけ》はどこだ」

隼人が訊いた。狭い桟橋は大勢のひとが集まっていて、死体が目にとまらなかった。

「あっちで」

利助が桟橋の尖端《せんたん》の方を指差した。

そこにも、何人もの男が集まっていた。船頭や岡っ引きらしい男のなかに、天野の姿があった。天野は屈《かが》んでいる。藤五郎の死体は、天野の前に置かれているようだ。

「どいてくんな」

利助が前に立ち、集まっている男たちを押し退《の》けるようにして前に出た。

天野は近付いてくる隼人たちに気付いて立ち上がり、

「長月さん、ここへ」

と、隼人に声をかけた。

隼人が天野の脇に身を寄せた。足元に男の死体が、仰向《あおむ》けになっていた。顔をゆがめ、あんぐりあけた口から歯が剝《む》き出していた。元結《もとゆい》が切れ、濡《ぬ》れたざんばら髪が顔や首に絡みついている。

小袖の裾が捲《めく》れ上がり、両足が腿《もも》の辺りから剝き出しになっていた。水に漬かっていたせいか、足の肌が白く浮腫《むく》んでいるように見えた。

「大橋屋の藤五郎です」

天野が言った。

「袈裟《けさ》に斬られたようだ」

藤五郎の羽織と小袖が、肩口から胸にかけて切り裂かれていた。着物に黒ずんだ血の色があったが、わずかである。川を流されている間に、血は水に洗われたにちがいない。

「下手人は、殺し屋ですか」

天野が声をひそめて言った。

「これまでの太刀筋《たちすじ》とちがうので、何者か分からないが、腕のたつ武士とみていいな」

下手人は、藤五郎の正面から斬り付け、一太刀で仕留めたようだ。剣の遣い手とみていいが、庄兵衛を斬った殺し屋が遣った左腕を斬り、つづいて首を斬って仕留めるという刀法ではなかった。

ただ、隼人は太刀筋はちがうが、庄兵衛を斬った殺し屋の仕業とみた。傷から下手人が分からないように、敢《あ》えて正面から袈裟に斬ったのではあるまいか。

「この死体を、ここに引き揚げたのは？」

隼人が訊いた。

「船頭です。この桟橋の杭にひっかかっているのを目にし、仲間の船頭といっしょに引き揚げたようです」

「殺されたのは、川上か」

藤五郎は大川端で斬られた後、川に突き落とされたようだ。

「川上で聞き込みにあたらせよう」

隼人が天野に言った。

ふたりは、桟橋にいた岡っ引きや下っ引きたちに、川上をたどって聞き込みにあたるよう指示した。

隼人は菊太郎に、利助たちを連れて駒形町辺りまで足を延ばすよう話した。隼人の胸に、駒形町にある浜京のことがよぎったのである。

隼人たちのいる桟橋から、半町ほど離れた川上の岸際にふたりの男が立っていた。

ひとりは武士だった。小袖に袴《はかま》姿で大小を帯び、網代笠をかぶって顔を隠していた。

もうひとりは町人で、小袖を裾高に尻《しり》っ端折《ぱしょ》りし、両脛《りょうすね》をあらわにしていた。手ぬぐいで頰《ほ》っかむりしている。この男は、ふだん腰切半纏《こしきりばんてん》に股引《ももひき》姿でいるときが多いが、いまは遊び人ふうの格好をしていた。賑《にぎ》やかな町筋を歩くときは、遊び人ふうに身を変えることがあったのだ。

「桟橋に、御家人ふうの男がいるな」

武士が言った。くぐもった声である。

「あいつは、八丁堀のようですぜ」

手ぬぐいで頰っかむりした男が言った。

「あいつらではないか。大橋屋を探っているのは」

「そうでさァ。近所に住むやつらに、聞いたんですがね。手代の房次郎を連れていったやつらのなかに、八丁堀がいたと言ってやしたぜ。そいつは、名も知ってやしてね、長月ってえ同心のようでさァ」

「放っておけないな」

「やりやすか」

遊び人ふうの男が、目をひからせて言った。

「そのつもりだが……。長月という男は、桟橋で若い男になにやら話していたな。あいつも、町方か」

「若えのも、八丁堀のようでさァ。大橋屋の近くで、聞き込んでいたのを見たやつがいやす」

「あいつも、いっしょに始末するか」

「へい」

「手先もいっしょにいると、ふたりだけでは手が足りないな」

「猪之助《いのすけ》を使いやすか」

「匕首は使えるのか」

「なかなかの腕でさァ。元締めが、猪之助にもそろそろ殺しの仕事をさせてみると言ってやしたぜ」

「よし、猪之助と三人でやろう」

武士体《てい》の男が、隼人を見すえて言った。

五

陽が西の空にまわったころ、菊太郎たちがもどってきた。

隼人と天野は桟橋から出て、大川の川岸に植えられた柳の陰にいた。桟橋には、まだ藤五郎の死体が残っていた。大橋屋から駆け付けた番頭や手代たちが、死体のまわりに集まっている。死体を引き取るための相談をしているようだ。

「どうだ、何か知れたか」

隼人が菊太郎に訊いた。

「駒形町の船宿の船頭が、商家の旦那らしい男が斬られるのを目にしたようです」

菊太郎が船頭から聞いた話によると、遠方ではっきりしないが、斬ったのは小袖に袴姿の武士で、近くに腰切半纏に股引姿の男がいたという。

「まちがいない。庄兵衛たちを斬ったふたりの殺し屋だ」

隼人が言うと、脇にいた天野もうなずいた。

「それから、どうした」

隼人が話の先をうながした。

「ふたりの男は、斬った男を川岸まで運び、川に突き落としたそうです」

「死体は流されて、この桟橋の杭にひっかかったわけか」

隼人が言った。

「仲間割れですかね」

菊太郎が訊いた。

「ちがうな。殺し屋たちは、藤五郎を始末したのだ」

「なぜ、始末したのです」

「殺し屋たちは、藤五郎がおれたち町方に尻尾《しっぽ》をつかまれたとみたのだろう。このままにしておくと、藤五郎の口から自分たちのことが町方に知れるとみて始末したのだ」

「口封じか」

天野が言った。

「せっかくつかんだ藤五郎の線から、殺し屋のことが聞けなくなったな」

隼人が渋い顔をした。

つづいて口をひらく者がなく、大川の流れる音だけが聞こえていたが、

「藤木屋の件が残っています」

天野が言った。

「藤木屋の鶴蔵殺しを洗いなおしてみるしかないな」

隼人は、その場にいた天野や菊太郎たちに、明日から総出で鶴蔵殺しの探索にかかることを話した。

隼人、菊太郎、天野の三人は、繁吉の舟で南茅場町の桟橋まで送ってもらった。今日の探索はこれまでにし、明日出直そうと思ったのだ。

翌日、隼人と菊太郎は朝のうちに八丁堀を出ると、豆菊に立ち寄り、利助と綾次を連れて浅草にむかった。

「旦那、どこから探りやす」

利助が訊いた。

「まず、浜京に行ってみるつもりだ。四ツ（午前十時）ごろ、天野と駒形堂の前で会うことになっているので、話を聞いてからだな」

隼人たちは、神田川沿いの道を通って奥州街道（宇都宮までは日光街道と同じ）に出ると、北に足をむけた。そのまま歩けば、駒形堂の近くに出られる。

浅草御蔵の前を過ぎ、黒船町、諏訪《すわ》町と歩いて駒形町へ入った。それからいっとき歩くと、前方左手に駒形堂が見えてきた。その辺りは、浅草寺の門前通りともつながっているせいもあって、大勢の参詣客や遊山《ゆさん》客が行き交っていた。

「天野は、まだだな」

駒形堂の前に、天野の姿はなかった。

隼人たち四人は駒形堂の前に立ち、天野が姿を見せるのを待った。目の前を大勢のひとが行き交い、ちかごろ雨が降らないせいもあって砂埃《すなぼこり》が立っていた。

四人がその場に立って間もなく、

「天野の旦那ですぜ」

そう言って、利助が浅草寺の門前通りの方に手をむけた。

見ると、天野が政次郎《まさじろう》と小者《こもの》の与之助を連れて足早に歩いてくる。政次郎は天野が手札を渡している岡っ引きである。

天野は隼人の前まで来ると、

「先に浜京を見に行ったので、遅れました」

そう言って、額に浮いた汗を手の甲で拭った。よほど急いで来たらしい。

「それで、何か変わったことはあったのか」

隼人が訊いた。

「いえ、ふだんと変わりなく店をひらいています」

「あるじの名は、桑右衛門だったな」

「そうです」

「どんな男だ」

「年配で、恰幅《かっぷく》のいい男です」

天野が桑右衛門を目にしたのは、暗くなってから馴染《なじ》み客らしい男を店先まで送り出したときだという。掛け行灯《あんどん》の灯りに浮かび上がった桑右衛門は、赤ら顔で眉が濃かったそうだ。

「店に入って、桑右衛門の顔を拝むわけにはいかないが、店だけでも見ておくか」

「こっちです」

天野が先に立ち、門前通りの方に足をむけた。

門前通りへ出ると、天野はすぐに右手の道へ入った。そこは材木町へ通じている道である。

天野は右手の道へ入って一町ほど歩くと、路傍に足をとめ、

「斜向《はすむ》かいの二階建ての店です」

そう言って、二階建ての料理屋を指差した。

「それほど大きな店ではないな」

隼人が思っていたよりちいさな店だった。二階建てだが、二階の座敷は二間しかないらしい。それに、離れも庭もないようだ。ただ、店の入口は格子戸になっていて、脇につつじの植え込みがあり、石灯籠《いしどうろう》が置いてあった。老舗《しにせ》の料理屋らしい落ち着い

た感じがする。

店先に暖簾《のれん》が出ていたが、ひっそりしていた。まだ、昼前なので客はいないのかもしれない。

「天野、藤木屋へ行ってみるか」

隼人は、藤木屋も見てみようと思った。

「案内します」

天野が先にたち、細い道をたどって浅草寺の門前通りに出た。

門前通りは、人でいっぱいだった。大勢の参詣客や遊山客でごったがえしている。

並木町に入ると、さらに賑わいは増し、通り沿いの料理屋、料理茶屋などからは客の談笑の声や嬌声《きょうせい》などが聞こえてきた。昼前ではあったが、客が入っているらしい。

並木町に入っていっとき歩くと、天野が路傍に足をとめ、

「あの店が、藤木屋です」

と言って、通り沿いの店を指差した。

浜京と同じく二階建てだが、店は大きかった。店の入口の前に長床几《ながしょうぎ》が置かれていて、出入りできないようになっている。

「店をしめたのか」

隼人が訊いた。店はひっそりとして、ひとのいる気配がなかった。

「ちかいうちに、買い取った桑右衛門が店をひらくはずですよ」

「そうか」

隼人は戸口の脇から、店の裏手を覗《のぞ》いてみた。

人気《ひとけ》はなく、松や紅葉《もみじ》などの庭木が植えられ、枝葉《しよう》を繁らせていた。

六

離れをかこった庭木の間から、藤木屋の入口の脇にいる隼人たちに目をやっているふたりの男がいた。

ひとりは、年配で恰幅のいい男だった。桑右衛門である。もうひとりは、遊び人ふうだった。大川端から、武士体の男と隼人たちに目をやっていた男である。匕首を巧みに遣う殺し屋だ。

「あいつらですぜ。藤五郎が、あっしらに殺しを頼んだのを嗅ぎ付けたのは」

遊び人ふうの男が言った。

「ここにも、目をつけたのか」

桑右衛門が、抑揚のない低い声で言った。隼人たちを見つめた目が、底びかりしている。

「左島《さしま》の旦那も、あいつらを始末したいと言ってやした」

牢人体の殺し屋は、左島という名らしい。

「早いうちに殺っちまった方がいいな」

「あいつら、町方だが腕が立つんでさァ。左島の旦那は、猪之助も使いてえと言ってやしたが」

「彦蔵《ひこぞう》、左島の旦那の言うとおり猪之助も使え」

桑右衛門が言った。匕首を巧みに遣う殺し屋は、彦蔵という名のようだ。

「承知しやした」

すぐに、彦蔵はその場を離れた。

ひとりになった桑右衛門は、いっとき庭木の間から表に目をむけていたが、隼人たちの姿が見えなくなると、

「金にならない殺しだが、ここで始末しとかねえとな」

とつぶやき、離れの方に足をむけた。


隼人たちは、藤木屋の前から離れると、来た道を引き返した。

隼人は桑右衛門のことを洗ってみようと思い、天野に話すと、それなら、浜京付近で聞き込みにあたった方がいいですよ、と言われ、駒形町へもどったのだ。

隼人たちは、浜京の近くまで来ると、一刻（二時間）ほど三手に分かれて聞き込み、その後駒形堂の前に集まることにした。

隼人と菊太郎、利助と綾次、それに天野、政次郎、与之助の三人が、それぞれ組んだのである。

「どこに、殺し屋の目がひかっているか分からない。人通りのない路地に入るときは、気をつけろよ」

隼人が男たちに言った。

隼人と菊太郎は、浜京のある通りで話を聞くことにした。浜京のことを知っている者が多いとみたのである。

隼人たちは浜京から、一町ほど離れた通り沿いに、笠屋《かさ》があるのを目にとめた。店の軒下に、菅笠《すげがさ》、網代笠、八ツ折笠などが掛けてあった。「合羽処《かっぱどころ》」と書かれた張り紙がしてあるので、合羽も売っているらしい。

店のなかの座敷にも多くの笠が積んであり、店のあるじらしい男が、客を相手に何やら話していた。

隼人はその客が菅笠を手にして店から出るのを見ると、

「笠屋のあるじに、訊いてみるか」

そう言って、菊太郎とともに笠屋の前まで来た。

「おれが、訊いてみます」

菊太郎が先に笠屋に入った。

隼人は苦笑いを浮かべ、店の脇で菊太郎がもどるのを待つことにした。店のなかから菊太郎とあるじのやり取りが聞こえたが、何を話しているか聞き取れなかった。

菊太郎の、手間をとらせたな、と言う声が聞こえ、すぐに店から出てきた。

「父上、知れましたよ」

菊太郎が昂《たかぶ》った声で言った。

「話すのは歩きながらだ」

隼人は歩きだした。立ったまま話していると人目を引くのだ。

笠屋からすこし離れたところで、

「話してみろ」

と、隼人が言った。

「浜京のあるじの桑右衛門は、近所付き合いがまったくないようです。近所の者は、浜京の包丁人や若い衆の名も知らないそうです」

「そうか」

桑右衛門が近所との付き合いをさけるのは、人に知られたくないことがあるからだろう、と隼人は思った。

「それに、店仕舞いした後も、うろんな男が出入りしているようだと話してました」

「やはり、桑右衛門は殺しにかかわっているようだな」

隼人が低い声で言った。

その後、隼人と菊太郎は通り沿いの店に立ち寄って浜京のことを訊いたが、殺しにかかわるような話は出なかった。

隼人と菊太郎が、駒形堂の前にもどると、天野や利助たちが待っていた。

「歩きながら、話そう」

隼人が西の空に目をやって言った。陽は沈みかけていた。西の空が夕焼けに染まっている。

「菊太郎から、話せ」

隼人が言った。

菊太郎は奥州街道を南にむかって歩きながら、笠屋のあるじから聞いたことをかいつまんで話した。

「桑右衛門が、殺し屋たちの元締めかもしれませんよ」

天野が昂った声で言った後、

「政次郎も話してくれ」

と、政次郎に指示した。

「殺し屋らしい男が、店の裏手から出入りするのを目にした者がいやす」

政次郎が、浜京に出入りしている魚屋から聞いたことを話した。

「やはり、桑右衛門が元締めだな」

隼人が断定するように言った。

政次郎につづいて利助も話したが、これといったことは聞けなかったようだ。


奥州街道を南にむかって歩いている隼人たちの跡を尾《つ》けている男がいた。

小袖を尻っ端折りし、股引を穿いていた。菅笠をかぶり、風呂敷包みを背負っている。行商人のようにも見えた。

男は身を隠そうとはせず、奥州街道のなかほどを歩いていた。それでも、隼人たちが振り返って男を目にしても、不審を抱かなかっただろう。男は、街道を行き来するひとに紛れて歩いていたのだ。

　その男の後方に、ふたりの男がいた。彦蔵と牢人体の左島である。彦蔵は、腰切半纏に股引姿だった。手ぬぐいで頬っかむりしている。

七

　隼人たち四人は神田川にかかる浅草橋を渡り、両国広小路に出たところで天野たちと別れた。

　隼人たちは柳原通りを西にむかい、豆菊へもどるつもりだった。一方、天野たちはそのまま奥州街道を日本橋方面に歩き、八丁堀へ帰るのである。

　隼人たちは、人通りの多い両国広小路から柳原通りに入った。陽が沈み、土手沿いに植えられた柳の樹陰は、淡い夕闇につつまれている。

　郡代屋敷の脇まで来ると、人影がすくなくなった。仕事を終えた出職《でしょく》の職人、仕事帰りに一杯ひっかけた大工などが通りかかるだけである。

　通り沿いに並んでいる古着を売る床店《とこみせ》も商売を終え、店の前が葦簀《よしず》でおおってあった。

　隼人たちが和泉橋のたもと近くまで来たとき、背後から近付いてくる足音が聞こえた。

　隼人の脇を歩いていた菊太郎が振り返り、

「町人がふたり、近付いてきます」

と、声をひそめて言った。菊太郎は何か異変を感じとったらしく、声に昂ったひびきがあった。

　背後から足早に近寄ってくるふたりは、彦蔵と猪之助だった。菊太郎も隼人もまだふたりの名を知らない。

「承知している」

　隼人が言った。

　隼人は背後にいるふたりの町人の歩く姿に殺気だったものを感じていたが、殺し屋であっても、ふたりだけなら何とかなると踏んでいた。それに、ふたりは町人で、刀も持っていない。

　背後のふたりの足が、さらに速くなった。隼人たちとの間がつまってくる。

　そのとき、前を歩いていた利助が、

「旦那、橋のたもとに！」

と、うわずった声で言った。

見ると、橋のたもと近くの柳の樹陰から、武士がひとり通りに出てきた。武士は牢人体だった。手ぬぐいで頰っかむりし、小袖に袴姿で大刀を一本落とし差しにしていた。左島である。

「殺し屋だ！」

隼人が声を上げた。

背後のふたりが、小走りになった。ひとりは背負っていた風呂敷包みを捨て、別のひとりは右手を懐に突っ込んでいる。匕首を握っているようだ。

すると、前方にあらわれた武士も、足早に迫ってきた。身辺に殺気がある。

「土手を背にしろ！」

隼人が叫んだ。

人数は隼人たちの方が多かった。だが、相手は殺し慣れた者たちで、腕もたつはずだ。前後から攻撃されたら、太刀打ちできない。

隼人たち四人は、土手を背にして立った。背後からの攻撃を避けるためである。

右手から左島、左手からふたりの町人体の男が走り寄った。三人とも手ぬぐいで頰っかむりしていた。

隼人の前に立ったのは、左島だった。菊太郎、利助、綾次の三人の前に、彦蔵と猪之助が立った。

「おれたちは、八丁堀だぞ！」

隼人が左島を前にして声高《こわだか》に言った。

「承知の上だ」

左島がくぐもった声で言った。隼人を目にした双眸《そうぼう》が、淡い夕闇のなかで青白くひかっている。

「殺し屋どもだな」

隼人は、腰の兼定を抜き放った。

左島も抜いた。そして、刀身をだらりと下げた。下段だが、構えというより刀身を前に下げただけに見えた。左島の構えに、覇気も殺気も感じられなかった。ぬらりと立っている。

……この構えか！

隼人の脳裏に、野上が道場で見せた下段からの太刀《たち》捌《さば》きがよぎった。そして、左島がこの下段の構えから左腕を狙って斬り上げると読んだ。

「下段くずし……」

左島がつぶやいた。

どうやら、左島は己の下段の構えを下段くずしと呼んでいるらしい。

ふたりの間合はおよそ三間――。まだ一足一刀の斬撃の間境《まざかい》の外である。

隼人は刀を上げ、八相《はっそう》に構えた。下段から斬り上げてくる太刀に対応する構えをとったのだ。

「さァ、斬り込んでこい！」

隼人が挑発するように言った。

左島の顔に、戸惑うような表情が浮いた。左島は、隼人が左腕を斬られるのを避けるために、八相に構えたのを察知したようだ。

「ならば、こうするか」

左島はゆっくりした動きで、下段に構えた刀身を上げ、切っ先を隼人の下腹辺りにつけた。低い中段の構えである。

……初太刀の狙いは、腕ではなく胴か！

隼人は、左島が胴を狙ってくるとみた。

左島が先に動いた。足裏を摺《す》るようにして、ジリジリと間合を狭めてくる。

対する隼人は、動かなかった。気を鎮めて、左島の斬撃の起こりを読んでいる。

ふいに、左島の動きがとまった。一足一刀の斬撃の間境まで、あと一歩の間合である。

イヤアッ！

突如、左島が裂帛《れっぱく》の気合を発した。気合で、隼人の気を乱そうとしたのだ。

次の瞬間、左島の全身に斬撃の気がはしった。隼人の目に左島の体が膨れ上がったように見えた瞬間、鋭い気合とともに左島の体が躍った。

低い中段から逆袈裟《ぎゃくげさ》へ——。

閃光《せんこう》がはしり、刃唸《はうな》りが聞こえた。

刹那《せつな》、隼人は半歩身を引いた。一瞬の反応である。

左島の切っ先が、隼人の胸元をかすめて空を切った。

……二の太刀がくる！

隼人は頭のどこかで叫び、さらに一歩身を引いた。

左島は、逆袈裟から隼人の首を狙って横一文字に払った。逆袈裟から首へ。一瞬の連続技である。

迅《はや》い！

左島の切っ先が、隼人の顎《あご》の下をかすめた。

さらに、隼人は後ろに跳び、左島との間合を大きくとった。

隼人と左島は、ふたたび八相と中段に構え合った。

「これが、首斬りの太刀か」

隼人が左島を見据えて言った。

「よく、かわしたな」

左島の双眸が、燃えるようにひかっていた。顔が赭黒《あかぐろ》く紅潮している。

八

そのとき、菊太郎の気合がひびいた。

菊太郎は刀を袈裟に払い、彦蔵が踏み込みざま突き出した匕首を弾《はじ》いたのだ。

勢い余った彦蔵は前に泳いだが、すぐに体勢を立て直し、

「死ね！」

叫びざま、手にした匕首を横に払った。素早い体捌きである。

バサッ、と菊太郎の左袖の肩先が裂けた。

咄嗟《とっさ》に、菊太郎は後ろに跳んで、彦蔵の次の攻撃を避《よ》けた。

菊太郎の左肩に、かすかに血の色が浮いた。だが、かすり傷のようだ。

「次は、てめえの喉を掻《か》き切ってやるぜ」

彦蔵は匕首を顎の下に構え、すこし前屈みの格好になった。獲物を前にし、牙を剝いた狼《おおかみ》のようである。

「お、おのれ……」

菊太郎の顔はこわ張り、手にした刀が震えた。

相手は匕首を手にした町人だったが、菊太郎にとっては、刀と刀の真剣勝負と変わらなかったのだ。

「菊太郎さん！」

綾次が菊太郎の脇に身を寄せた。菊太郎が危ういとみたのである。だが、綾次は手出しできなかった。

綾次のそばには、利助がいた。十手を手にし、猪之助と対峙《たいじ》している。利助の顔がひき攣《つ》ったようにゆがんでいた。利助も、猪之助の匕首で小袖の脇腹を切り裂かれていた。血の色はなかったが、あやうく匕首で脇腹をえぐられるところだったのだ。

利助は後じさりながら、

……菊太郎さんが、殺られる！

と、思った。

「綾次、呼び子を吹け！」

利助が叫んだ。

綾次は戸惑うような顔をしたが、すぐに懐に手をつっ込んで呼び子を取り出した。

綾次は顎を突き出すようにして呼び子を吹いた。

ピリピリピリ……。

甲高い呼び子の音が、辺りにひびいた。

彦蔵と猪之助は、驚いたような顔をして綾次を見た。この隙に利助が後じさり、彦蔵との間があくと、呼び子を取り出した。

「辻斬《つじぎ》りだ！」

利助は叫んだ後で、呼び子を吹いた。

利助と綾次の吹く呼び子の音が、夕闇につつまれた柳原通りにひびいた。すると、和泉橋のたもとや通りの端から人声が聞こえた。通りかかった者が、斬り合いを見て足をとめていたらしい。

あちこちから足音が近付いてきて、「町方だぞ」、「辻斬りらしい」、「助けてやれ」などという声が、はっきりと聞こえるようになった。町方が辻斬りと闘っているとみて、助太刀する気になったらしい。

「近付けねえぜ」

「石でも投げてやれ」

ふたりの男の声が聞こえた後、飛んできた小石が彦蔵の足元に転がった。

彦蔵は驚いたような顔をして後じさり、後ろを振り返った。

次々に、小石が飛来した。集まった男たちが、足元の小石を拾って投げているらしい。

彦蔵だけでなく猪之助と左島の近くにも飛んできて、地面に転がったり、着物を掠《かす》めたりした。

「邪魔が入ったか」

左島が顔をしかめた。

そして、隼人に目をやり、

「勝負は、あずけた」

と言って、反転した。

左島は、ふたりの仲間に、「この場を引け！」と声をかけ、和泉橋の方へむかって走りだした。

彦蔵と猪之助も後じさって反転し、左島の後を追って駆けだした。三人の後ろ姿が、夕闇のなかを遠ざかっていく。

隼人たちは、左島たちを追わなかった。抜き身や十手を手にしたまま、遠ざかっていく左島たちに目をやっている。

そこへ、石を投げた男たちが、ひとりふたりと集まってきた。夕闇のなかに、男たちの顔が浮かび上がったように見えた。

「助かった。おまえたちのお蔭《かげ》だ」

隼人が男たちに声をかけた。

「なに、てえしたことじゃァねえ」

職人ふうの男が、顎を突き出すようにして言った。

「おれたちは、石を拾って投げただけでさァ」

別の男の声が聞こえた。

男たちの顔には、興奮と得意そうな表情があった。自分たちが辻斬りを追い返し、町方を救ったという思いがあるのだろう。

隼人は夕闇のなかに姿を消した三人を思い浮かべ、

……殺し屋は、三人か。

と、胸の内でつぶやいた。

第四章　人質

一

晴天だった。秋の陽射《ひざ》しが、柳原通りに満ちている。

菊太郎は、利助と綾次を連れて柳原通りを歩いていた。これから、浅草駒形町へ行くつもりだった。浜京を見張り、桑右衛門や殺し屋が、姿を見せたら捕らえるのである。むろん、菊太郎たちだけではない。すでに、天野と坂井がそれぞれ数人の手先を連れて、駒形町にむかっているはずだった。

隼人は奉行所に出仕し、これまでの探索の様子を内与力《うちよりき》の横峰に話してから、繁吉の舟で駒形町へむかうことになっていた。

晴天のせいもあって、柳原通りは賑《にぎ》わっていた。通り沿いにある古着を売る店も客がたかっている。

菊太郎たちは、人通りの多い道を選んで歩いていた。菊太郎は隼人から、殺し屋たちに狙われる恐れがあるので天野たちと合流するまでは、賑やかな通りを歩け、と言われていたのだ。

「この通りで、襲ってくることはありませんや」

綾次が賑やかな通りに目をやって言った。

「そうだな」

菊太郎も、日中の柳原通りで襲われることはないと思っていた。

菊太郎たち三人は新シ橋を渡り、神田川の対岸の道に出た。その道を東にむかえば、浅草御門の前へ出られる。これまでの事件で、二度ひとが殺されているので、そこから先の道を避けたのである。

神田川沿いの道は、柳原通りにくらべると人影がすくなかった。それでも、通行人の姿は絶えなかった。

菊太郎たちは、すこし急いだ。早く浅草御門の前まで行き、賑やかな奥州街道へ出ようと思ったのである。

菊太郎たちは、大名の下屋敷の築地塀《ついじべい》のところまできた。その辺りは通り沿いの町家がとぎれ、人通りもすくなかった。

そのとき、前方から辻駕籠《つじかご》がやってきた。ふたりの駕籠舁《か》きは息杖《いきづえ》を持ち、手ぬぐいで頬《ほ》っかむりしていた。駕籠の脇に、町人体《てい》の男がひとりついていた。駕籠に乗っている者の供であろうか。

辻駕籠は、菊太郎たちに近付いてきた。エイ、ホウ、という駕籠舁きの声が、はっきりと聞こえてきた。

駕籠が、菊太郎たちのそばを通り過ぎようとした。そのとき、ふたりの駕籠舁きが足をとめ、駕籠を地面に下ろした。

駕籠から、男が飛び出した。武士である。しかも、抜き身を手にしていた。その刀身が陽射しを反射《はね》て、ギラリとひかった。武士は、手ぬぐいで頬っかむりしていた。

柳原通りで、菊太郎を襲った左島である。

菊太郎は、その場に立ち竦《すく》んだ。

ふたりの駕籠舁きと駕籠の脇にいた男の三人が、菊太郎たちに走り寄った。素早い動きである。

利助と綾次は懐から十手を取り出したが、体が顫《ふる》えて身構えることもできなかった。

そこへ、左島が菊太郎に走り寄り、

「動くな!」

と、声を上げ、手にした刀の切っ先を菊太郎の喉元につけた。

利助と綾次の前に走り寄ったのは、駕籠を担いでいた彦蔵と猪之助だった。もうひとりの男は、すばやい動きで菊太郎の後ろにまわり込んだ。

利助と綾次は彦蔵たちに匕首《あいくち》を突き付けられ、抵抗できなかった。

「平吉《へいきち》、この男を縛れ」

左島が、菊太郎の背後にまわり込んだ男に指示した。平吉という名のようだ。

平吉は手早く菊太郎の両腕を後ろにとって縛り、猿轡《さるぐつわ》をかませた。そして、菊太郎を駕籠に押し込んだ。

「な、なにを、しやがる！」

利助がひき攣《つ》ったような声で叫んだ。

利助と綾次は、ふたりの男に匕首を突き付けられたまま、身動きできないでいる。

「この男は、おれたちが捕らえた」

左島が口許《くちもと》に薄笑いを浮かべて言った。

「ど、どうするつもりだ」

利助が、声を震わせて訊《き》いた。

「殺すも生かすも、おまえたち次第だ。いいか、これからおまえたちに指図している八丁堀に会って、伝えろ。……おれたちから手を引かなければ、この男の命はない、と言っていたとな」

「ひ、人質か」

「そうだ」

左島が、行け！　と、声高《こわだか》に言った。

利助と綾次は、よろめくような足取りで左島たちから離れると、走りだした。隼人や天野に、すぐに報《しら》せねばならないと思ったのである。

振り返ると、菊太郎を乗せた駕籠は、近くの路地に入り、すぐに見えなくなった。

利助たちは浅草御門の前から奥州街道に出ると、人通りの多い街道を浅草にむかって走った。

駒形堂の前まで行くと、天野の手先の政次郎と与之助の姿があった。後から来る菊太郎や隼人を待っているようだ。

利助と綾次が、政次郎たちのそばに走り寄ると、

「どうしたい、やけに慌ててるんじゃァねえか」

政次郎が訊いた。

「て、大変だ！　菊太郎さんが、攫《さら》われた」

利助が喘《あえ》ぎながら言った。

「なに、攫われたと！」

政次郎が目を剝《む》いて訊いた。

「そうだ」

「だれに、攫われたんだ」

「あの殺し屋たちだ。神田川沿いの通りで襲われ、駕籠で連れていかれた。天野の旦那は、どこだい」

利助が早口にしゃべった。

「浜京を見張ってるぜ。坂井の旦那もいっしょだ」

「すぐに、呼んできてくれ。下手《へた》に動くと、菊太郎さんの命があぶねえ」

「分かった。すぐ、呼んでくるぜ」

政次郎は与之助に声をかけ、ふたりで走りだした。

二

利助と綾次が駒形堂の前で待つと、天野と坂井、それに政次郎たち手先が十人ほど駆け寄ってきた。

「菊太郎さんが、殺し屋たちにつかまったそうだな」

すぐに、天野が訊いた。よほど急いで来たとみえ、天野の顔が紅潮し、吐く息が荒かった。

「へい、駕籠で連れていかれやした」

利助がそのときの様子を早口にしゃべり、

「て、手を引かなければ、菊太郎さんを殺すと言われやした」

そう言って、困惑と悲痛に顔をゆがめた。

「うむ……」

天野は口をつぐんだ。

「やつらなら、やりかねないぞ」

坂井が低い声で言った。

その場に集まった男たちは、不安げな顔をして立っている。男たちのそばを行き交う参詣客や遊山《ゆさん》客の話し声と足音だけが、喧《かまびす》しく聞こえていた。

「ともかく、長月さんが来るのを持とう」

天野が言うと、坂井がうなずいた。

それから、小半刻（三十分）ほど経《た》ったろうか。隼人が、繁吉と浅次郎を連れて姿を見せた。隼人は繁吉の舟で、近くの桟橋まで来たのである。

隼人は利助から菊太郎が殺し屋一味に攫われたことを聞くと、息を呑《の》んだ。

「手を引かなければ、殺すと言われやした」

利助が声を震わせて言った。

「うむ……」

隼人は言葉が出なかった。顔が蒼《あお》ざめ、体がかすかに顫えていた。さすがに、隼人も強い衝撃を受けたようだ。

隼人はいっとき体を硬くして立っていたが、

「ここで、手を引いたら、やつらの思う壺《つぼ》だ」

と語気を強くして言った。そして、天野と坂井にこのまま桑右衛門と殺し屋たちの探索にあたるよう話した。

天野は隼人の言葉を聞き、

「だが、これまでどおりに桑右衛門たちの探索をつづけても無駄と思います。桑右衛門たちは、おれたちがまだ探索にあたっていない場所に、身を隠しているはずです」

と、その場に集まった男たちにも聞こえる声で言った。

「おれも、そう思います」

坂井も、天野と同じ考えであることを口にした。

「今日のところは、このまま身を引くしかないか」

隼人も、ここで探索をつづけても桑右衛門たちの居所はつかめないだろうと思った。

隼人は天野と坂井を繁吉の舟に乗せ、八丁堀にむかった。そして、隼人の家ではなく、天野の家に集まった。隼人は、菊太郎が人質になったことをおたえが知ると、取り乱して相談などできなくなるとみたからである。

天野の妻のおとせが、隼人たちに茶を淹《い》れてくれた。おとせは、男たちが沈痛な顔をしているのに気付き、

「ご用があったら、声をかけてくださいね」

と天野に言って、座敷から去った。

「さて、どうするか」

隼人が言った。

次に口をひらく者がなく、座敷は重苦しい沈黙につつまれたが、

「おれたちが手を引いたところで、やつらに菊太郎を帰すつもりはあるまい」

隼人が言った。

「そうかもしれませんが……」

天野は語尾を濁した。

「ならば、また一から探索をつづけるしかない」

隼人が語気を強くして言った。

「殺し屋一味に探索から手を引いたとみせかけ、菊太郎さんの居所をつきとめましょう」

天野につづいて、

「それがいい」

と、坂井が言った。

「天野、坂井。菊太郎の居所は、おれがつきとめる。天野たちは、一味に知れぬように桑右衛門や殺し屋たちの居所を探ってくれ」

「分かりました」

天野が言い、坂井がうなずいた。

その日、隼人は自分の住む組屋敷にもどると、おたえを座敷に呼んだ。そして、菊太郎が殺し屋一味に捕らえられたことを話した。

おたえの顔が紙のように白くなり、体が激しく顫えだした。

「だ、旦那さま、菊太郎は殺されるのでは……」

おたえが、声をつまらせて言った。

「殺されることはない。殺してしまったら、人質としての役にたたなくなるからな。駕籠で連れ去ったのは、生かしておくためだ」

隼人がはっきりと言った。

「で、でも……」

おたえの顫えは、とまらなかった。

「おたえ、菊太郎は、おれがかならず助け出す。おたえは取り乱すことなく、菊太郎の帰りを待つのだ」

隼人が静かだが強いひびきのある声で言った。

「は、はい」

おたえは、縋《すが》るような目を隼人にむけた。

三

隼人は髪結いの登太に頼んで髷《まげ》を変えた。八丁堀ふうの小銀杏髷《こいちょう》ではなく、御家人ふうに結い直してもらったのだ。それだけでなく、出かけるときは網代笠《あじろがさ》をかぶって顔を隠すことにした。殺し屋たちに気付かれないためである。

また、ふだん手先として使っている利助や綾次は連れず、八吉に頼むことにした。

八吉は老齢であり、むかし岡っ引きだったことを知る者はすくなかった。殺し屋たちも、八吉のことは知らないはずだ。

菊太郎が攫われた二日後、隼人は豆菊に立ち寄り、八吉を連れて浅草にむかった。八吉は、御家人に仕える老僕のような顔をしてついてくる。

「何としても、菊太郎の居所をつきとめねばならぬ」

歩きながら、隼人が言った。

「それで、何かあてはあるんですかい」

八吉が訊いた。

「あてはない。桑右衛門の身辺から探るしかないとみているが……」

隼人は、桑右衛門たちに気付かれずに監禁場所をつきとめるのは難しいと思った。

「あっしの知り合いに、源助《げんすけ》ってえやつが材木町にいやす。そいつに訊いてみやすか」

八吉によると、源助は若いとき博奕《ばくち》打ちだったが、いまは材木町で縄暖簾《なわのれん》を出した飲み屋をやっているという。

材木町は並木町と隣接し、大川端沿いにひろがっている。駒形町からも、近かった。

「案内してくれ」

隼人は、材木町で長く飲み屋をやっている男なら、桑右衛門のことを知っているのではないかとみた。

隼人と八吉は奥州街道を北にむかい、駒形堂にも足をとめずに材木町に入った。

材木町に入ってから大川端沿いの道を川上にむかって歩き、前方に吾妻《あづま》橋が迫ってきたところで、

「この辺りだったな」

と、八吉が言って、道沿いの店に目をやった。

道沿いには、酒屋、そば屋、縄暖簾を出した飲み屋などが並んでいた。この辺りは浅草寺に近いこともあって、飲み食いできる店が多いようだ。

「あれだ」

八吉が指差した。

縄暖簾を出したちいさな店だった。戸口の脇に、赤提灯《あかちょうちん》がぶら下がっている。大川の川風に提灯が揺れていた。

「店はひらいているようだ」

隼人が言った。

「行きやしょう」

八吉が先にたった。

店先の縄暖簾をくぐると、土間に飯台がふたつ置いてあった。客はひとりしかいなかった。船頭ふうの男である。男は飯台のそばに置かれた腰掛け代わりの空樽《からだる》に腰を下ろして酒を飲んでいた。

隼人と八吉が入っていくと、男は驚いたような顔をした。隼人が御家人ふうの武士だったからだろう。

「とっつァん、いねえかい」

八吉が、店の奥にむかって声をかけた。

すると、右手奥の板戸があいて、初老の男が顔を出した。前垂れをかけている。男は八吉の顔を見ていたが、

「おめえ、八吉か」

と、驚いたような顔をして訊いた。

「そうだよ。源助、久し振りだな」

この男が、源助らしい。

「おめえ、まだ生きてたのか。もう死んじまったと思ってたぜ」

源助は、そう言って顔をほころばせた後、「こちらの旦那は」と隼人に目をむけ、

八吉に訊いた。

「おれが、むかし世話になった旦那よ」

八吉は、隼人の名も身分も口にしなかった。

「旦那、よかったら、腰を下ろしてくだせえ」

源助が愛想笑いを浮かべて言った。

隼人と八吉は、飯台を前にして空樽に腰を下ろした。隼人は、源助から話を聞くためにも、他の客のいない座敷がいいと思ったが、客を入れる座敷などありそうもなかった。

「とっつァん、酒を頼む。肴《さかな》は、あるものでいい」

八吉が言うと、

「肴は、煮付けた鰯《いわし》があるよ」

源助はそう言って、あいたままになっていた板戸の間からなかに入った。そこが、板場になっているらしい。

隼人と八吉が待っていると、独りで飲んでいた男が腰を上げた。そして、板場を覗《のぞ》いて源助に銭を払い、首をすくめるようにして店から出ていった。隼人たちが入ってきたので、居辛《いづら》くなったらしい。

源助がふたり分の銚子《ちょうし》と猪口《ちょこ》を運んだ後、板場にもどって煮付けた鰯を皿に載せて持ってきた。煮魚の旨そうな匂いがした。

「まァ、一杯」

そう言って、源助が銚子を取り、隼人と八吉の猪口に酒をついでくれた。

八吉は猪口の酒を飲み干した後、

「ちと、訊きてえことがあってな」

と、声をひそめて言った。

「なんだい」

源助の顔から愛想笑いが消えた。八吉にむけられた目に、博奕打ちだったころを思わせるような鋭さがあった。

「駒形町に、浜京ってえ料理屋があるのを知ってるかい」

八吉が浜京の名を出した。

隼人は黙っていた。この場は八吉にまかせるつもりだった。

「知ってるよ」

源助の顔に警戒の色が浮いた。

「おめえなら、あるじの桑右衛門が何をしてるか知ってるな」

「ああ……」

「実はな。こちらの旦那の倅《せがれ》さんが、桑右衛門たちに連れていかれてな、ふたりで探してるんだ」

「どういうことだい」

源助が、隼人に目をやって言った。

「人質に取られたのだ」

隼人は、それだけ口にした。

「何とか助け出してえ。それで、おめえに、居所のことで訊きに来たのよ」

八吉が、言った。

「おれは、居所など知らねえぜ」

「桑右衛門がいるところは、浜京か、それともちかごろ手に入れた並木町の藤木屋らしいが、どちらの店にも倅さんがいるとは思えねえ。店にはひとが出入りするし、桑右衛門は、おれたちに目をつけられてると、知ってるはずだからな」

「八吉、おれよりくわしいじゃァねえか」

そう言うと、源助は銚子を手にし、八吉の猪口に酒をついだ。

「おれたちが知りてえのは、他に攫った者を閉じ込めておくような店や家がねえかってことだ。桑右衛門は、どこかに隠れ家を持ってるんじゃァねえのか」

八吉は猪口に手を伸ばした。

「隠れ家かどうか知らねえが、隠居所ならあるぜ」

「隠居所だと」

八吉が聞き返した。

「隠居所と言うより、別宅と言った方がいいかもしれねえ。おれは見たこたァねえが、かなり贅沢《ぜいたく》な造りだと聞いたことがあるぜ」

「そこだ」

思わず、隼人の声が大きくなった。

「その家は、どこにある」

隼人が身を乗り出すようにして訊いた。

「景色のいい大川端にあると聞きやしたが、どこかは分からねえ」

源助は首をひねった。

「桑右衛門は、そこによく出かけるのか」

隼人は、桑右衛門が頻繁に出かけるようであれば、跡を尾《つ》ける手もあると思ったのである。

「ちかごろは、あまり出かけねえようで」

「そうか」

隼人が黙って猪口に酒をついだ。

「桑右衛門の他にも、隠居所を知ってるやつがいるんじゃァねえか」

隼人に代わって、八吉が訊いた。

「いるだろうよ。店の若い衆や子分も、親分といっしょに行くことがあるはずだ」

「そうかい」

八吉はちいさくうなずいた後、

「若い衆か子分をつかまえて、訊けば分かるかもしれやせん」

と、隼人に目をやって言った。

四

その日の夕方、ふたたび天野の家に、隼人、天野、坂井の三人が集まった。

隼人は源助から聞いた話をひととおり話した後、

「桑右衛門の子分か店の若い衆をつかまえて、隠居所のある場所を聞き出すつもりだ」

と、言い添えた。

「つかまえるだけなら、たやすいが……」

天野が語尾を濁した。下手に捕らえると、人質になっている菊太郎に危害が及ぶと思ったようだ。

「まったく別の件で、捕らえたことにするしかない」

隼人が言った。

次に口をひらく者がなく、座敷は重苦しい沈黙につつまれたが、

「浅草を縄張にしている寅造《とらぞう》という御用聞きがいます。そいつに、別件でお縄にさせますか。博奕でもやったことにすればいい」

坂井が言った。

「寅造は、これまで殺し屋一味の件には、かかわっていないのか」

「藤五郎の死体が大川で揚がったとき、顔を出しましたが、ちかごろの探索にはくわわっていません」

「寅造に頼もう」

隼人は、坂井にまかせようと思った。坂井は、手下の守助と磯吉を殺されているので、悔しい思いをしているだろう。ここで坂井にやらせれば、その思いがすこしは晴

れるかもしれない。

　隼人たち三人の話はそれで終わった。

　翌日、坂井は御家人ふうに身装を変えて浅草に出向き、寅造と会った。そして、博奕の科《とが》で、浜京に出入りしている子分か店の若い衆を捕らえるよう指示した。

　その際、坂井は、

「いいか、浜京の近くでお縄にするな。それとなく跡を尾けて店から離れたところで、捕らえろ。それに、博奕の科だと、他の者にも聞こえるように、はっきりと言うのだ」

　と、念を押した。

　翌日、寅造が中心になり、殺し屋一味に顔を知られていない数人の岡っ引きと下っ引きの手も借りて、達吉《たつきち》という桑右衛門の子分を捕らえた。

　念のため、達吉をいったん近くの番屋に連れ込んで博奕にかかわる話を聞いた後、南茅場町にある大番屋へ連行した。博奕の科で捕らえたことを、桑右衛門たちに知らせるためである。

　大番屋は仮牢《かりろう》もあり、捕らえた下手人を小伝馬町《こでんま》の牢屋敷に送る前の吟味のおりに

使われる。通常、下手人は吟味方与力の手で吟味されるが、達吉の場合は吟味という
より桑右衛門の隠居所のことを聞き出すためなので、隼人の手でおこなうことになった。

　隼人は達吉を吟味の場に連れ出すと、

「おまえに、訊きたいことがあるのだ」

と、穏やかな声で切り出した。

「お、お役人さま、てまえは博奕などやった覚えはございません」

達吉が隼人を見上げ、訴えるように言った。

「博奕のことは、訊かぬ」

「……！」

　達吉は目を剝いた。

「おまえは、浜京のあるじの下で働いているな」

　隼人は、あえて子分と言わなかった。

「へい」

　達吉は、すぐに答えた。

「浜京のあるじは、別に家を持っているようだ」

「行ったことはねえが、聞いたことがありやす」

「桑右衛門は隠居所と呼んでいるようだが、まだ隠居するような歳《とし》ではあるまいに」

「まァ、そうで」

「その隠居所は、どこにある」

隼人が達吉をみすえて訊いた。

「……！」

達吉は口をつぐんだ。顔に警戒の色がある。

「達吉、おまえは、桑右衛門の悪事に荷担しているのか」

隼人が語気を強くした。

「何のことか分からねえ。あっしは、浜京で店の手伝いをしたり、客引きをしたりしてるだけでさァ」

「それなら、隠すことはあるまい。大川端に、隠居所と呼んでいる別邸があるな」

隼人が念を押すように訊いた。

達吉は戸惑うような顔をして口をつぐんだが、

「ありやす」

と、小声で答えた。

「どこにある」

「今戸町で……」

「今戸町のどこだ」

隼人が畳み掛けるように訊いた。今戸町は大川端にひろくつづいている。今戸町と分かっても、簡単には突き止められない。

「あっしは、行ったことがねえんで、分からねえ」

「場所ぐらい聞いているだろう」

「隠居所の近くの道端に大きな岩があるので、その岩を目当てに行けば、分かると聞きやした」

達吉は隠す気がないようだ。

「岩か」

隼人は、ともかく今戸町に行ってみようと思った。

隼人はいっとき間《ま》を置いた後、

「浜京に出入りしている牢人がいるな」

と、声をあらためて訊いた。

「へい」

「そやつの名は」

隼人は、まだ殺し屋たちの名を知らなかったのだ。

「左島稲十郎《とうじゅうろう》の旦那で」

「匕首を使う殺し屋は」

「彦蔵でさァ」

「もうひとり、殺し屋がいるな。町人だ」

隼人たちが柳原通りで襲われたとき、相手は三人だった。牢人がひとり、町人がふたり。隼人は三人とも、殺し屋とみたのだ。

「猪之助でさァ」

達吉によると、猪之助はまだ殺しに手を染めるようになったばかりだという。

「そやつらは、ふだんどこにいるのだ」

「どこにいるのか、あっしには分からねえ」

達吉によると、左島たちは浜京に顔を出すことがあるが、寝泊まりしている様子はないという。

「別に住処《すみか》があるのだな」

そう言って、隼人が立ち上がると、

「あっしを帰《けえ》してくだせえ。何も悪いことはしてねえ」

達吉が縋るような目を隼人にむけた。

「おまえが悪事に荷担しているかどうか、桑右衛門を捕らえれば、はっきりする。それまで、ここにいるんだな」

隼人はそう言って、吟味の場を後にした。

五

翌朝、隼人は八丁堀を出ると、豆菊にむかった。これから、今戸町まで足を延ばすつもりだが、八吉の手を借りようと思ったのだ。

隼人は八丁堀同心と分からないように御家人ふうの身支度をし、網代笠をかぶって顔を隠した。

隼人は豆菊に着くと、顔を出した八吉に、達吉の吟味で知れたことをひととおり話した後、

「これから、今戸町まで行くつもりだ」

と、言い添えた。

「あっしも、お供しやす」

八吉はすぐにその気になり、久し振りに鉤縄《かぎなわ》を懐に入れた。

「おい、今日は菊太郎が監禁されているかどうか探るだけだぞ」

隼人が言った。

「念のためでさァ」

八吉が目をひからせて言った。むかしの八吉を思い出させるようなひきしまった顔である。

隼人たちは、おとよに見送られて豆菊を出た。利助と綾次の姿は豆菊になかったが、天野たちといっしょに日本橋鍋町や柳橋で、聞き込みにあたっているはずだった。浅草から離れたのは、桑右衛門たちに知られないためである。

隼人たちは、柳原通りから奥州街道に出て北にむかった。途中どこにも寄らず、旅人に紛れるようにして歩いた。そして、浅草寺を左手に見ながら、山谷《さんや》堀にかかる今戸橋のたもとまで来た。

「旦那、橋を渡った先が、今戸町ですぜ」

八吉が言った。

「ともかく、行ってみよう」

隼人と八吉は、橋を渡った。

今戸町に入ると、急に人通りが少なくなった。隼人たちと同じ道を歩いていた吉原にむかう客たちが、山谷堀沿いの道に入ったからである。

今戸町の通りの左手には寺院がつづき、右手は八百屋、下駄《げた》屋、足袋《たび》屋など暮らしにかかわる店が目についた。

「どの辺りですかね」

八吉が通りの先に目をやりながら言った。

「まだ先だな」

通り沿いに、隠居所ふうの家などなかった。

隼人たちは右手の道に入り、大川端沿いに出た。川沿いに、道がつづいている。

視界が急にひらけた。右手には雑木林や岩場などがつづき、その先に大川の川面《かわも》がひろがっていた。轟々《ごうごう》という川の流れの音が聞こえ、秋の陽射しを反射《はね》た川面が、キラキラとかがやいていた。数羽の鷗《かもめ》が飛びまわり、猪牙舟《ちょき》がゆったりと行き来している。

「眺めのいいところだな」

隼人が、大川に目をやりながら言った。だが、隼人に、眺めを愛《め》でている余裕はなかった。

「隠居所は、この辺りかもしれねえ」

「近付いてきたかな」

隼人も、隠居所や別邸にふさわしい地だと思った。ただ、それらしい家屋は見当たらなかった。川岸近くに、家を建てるような平地もない。

「目印は、岩だ」

隼人が言った。道端に大きな岩がある、と達吉は話していたのだ。

それからしばらく歩くと、道はすこし川から離れた。道沿いに平地が多くなり、雑木や松の林が目立つようになった。

「旦那、あそこに岩が！」

八吉が前方を指差した。

道沿いに、高さが六尺ほどもある大きな岩があった。川沿いが、ひろい雑木林になっている。

「あの岩だな」

隼人は岩の周辺に目をやったが、隠居所らしい家屋はない。

「近付いてみるか」

隼人たちは通行人を装って歩いた。

「旦那、岩のそばに道がありやす」

八吉が声を殺して言った。

岩の脇に、小径《こみち》があった。雑木林のなかにつづいている。

「家があるぞ」

隼人は小径の前に立ち、雑木林のなかに目をやった。紅葉《もみじ》、櫟《くぬぎ》、赤松などの樹木の葉叢《はむら》の間から、家屋が見えた。ただ、屋根の一部が見えるだけだった。どんな家なのかは分からない。

「近付いてみるか」

隼人と八吉は、小径に入った。

どこに桑右衛門の子分の目があるか分からないので、隼人たちは樹木の陰に身を隠しながら林のなかを進んだ。

枯れ葉を踏み、ガサガサと音がしたが、気にすることはなかった。大川の流れの音と川風が樹木の枝葉を揺らす音で、足音を掻《か》き消してくれたからだ。

いっとき歩くと、木々の間から家屋と板塀が見えてきた。数寄屋《すきや》ふうの洒落《しやれ》た造りだが、それほど大きな家屋ではなかった。平屋造りで、座敷は三間ほどあるだろうか。

隼人と八吉は足音を忍ばせて、板塀に身を寄せた。ここまで来ると、家の者に足音が聞こえるはずである。

家のなかからは、人声も物音も聞こえなかった。

「川の方へ行ってみるか」

隼人が小声で言った。

ふたりは、足音をたてないように板塀沿いを歩いた。しだいに、川の流れの音が大きくなり、前方の視界がひらけてきた。

家の前まで来ると、前方に大川の川面が見えた。辺りは高台になっているらしく、川面が眼下にひろがっている。

家の前に、狭い庭があった。松、梅、紅葉などの庭木が植えてある。板塀は、庭の脇でとぎれていた。前方にひろがる大川の景色が見られるように、庭の先には板塀を造らなかったのだろう。

六

隼人と八吉は板塀の陰に身を隠したまま、板の隙間からなかを覗いてみた。庭にも家の縁側にも、人影はなかった。物音も話し声も聞こえてこない。轟々という大川の流れの音が聞こえるばかりである。

「留守のようですぜ」

八吉が言った。

「いや、いる。座敷の障子がすこしあいている」

隼人が板塀の隙間から目を離さずに言った。

八吉も、あらためて板塀の隙間からなかを覗いた。

「だ、旦那、出てきやした！」

八吉がうわずった声で言った。

障子があいて、人影が縁側にあらわれた。

ふたり――ひとりは、小袖に角帯姿で、大刀を手にしていた。もうひとりは、町人体である。

「やつらだぞ」

隼人が言った。遠方だが、ふたりに見覚えがあった。柳原通りで隼人たちを襲った左島と菊太郎とやりあった彦蔵である。

「ここに、いやがったのか」

「菊太郎は、この家のどこかに閉じこめられているかもしれん」

左島たちがいるのは、菊太郎を監禁しているからではないか、と隼人はみた。

「旦那、やつらに近付いてみやすか」

「そうだな」

左島と彦蔵は縁側に出て何やら話していた。隼人は、ふたりが菊太郎のことも話すかもしれないと思った。

隼人と八吉は足音を忍ばせ、板塀沿いをたどって縁先の方に近付いた。大川の流れの音が、多少の足音は消してくれる。

隼人たちは縁先近くまで来ると、板塀の隙間からなかを覗いた。左島と彦蔵は縁側に胡座《あぐら》をかいて、酒を飲んでいる。膝先に貧乏徳利が置いてあった。


「……ここは静かでいいが、家にいると飽きるな」

左島がそう言って、湯飲みをかたむけた。

「……旦那、贅沢言っちゃァいけませんや。こうやって、いい景色を眺めながら酒を飲んでられるんですぜ」

「……女でもいれば、我慢できるがな」

「……今夜あたり、吉原にでも出かけたらどうです」

「……行ってくるかな」

左島は、貧乏徳利の酒を湯飲みについだ。

……このところ、八丁堀もおとなしいようで。

彦蔵が言った。

……菊太郎をおさえているからな。八丁堀も下手に手が出せないのだ。

……八丁堀のやつらが探してるのは、おれたちだけじゃァねえ。菊太郎の居所も探してるはずですぜ。

……血眼《ちまなこ》になってな。

左島の嘲笑《あざわら》う声が聞こえた。

いっとき間を置いて、

……ここも、嗅ぎつけるかもしれやせんぜ。

と、彦蔵が言った。

……なに、ここに来たって、いるのはおれたちと下働きだけだ。それに、おれたちには、手が出せん。手を出せば、菊太郎は殺すと脅してあるからな。

……菊太郎を人質にとったのは、いい手だったわけで。

……そういうことだ。

左島が、湯飲みの酒をかたむけた。

隼人と八吉はその場を離れてから、来た道をたどって通りへもどった。

「旦那、ここに菊太郎さんはいねえようで」

八吉が言った。

「そのようだ」

隼人も、左島と彦蔵のやり取りから、隠居所に菊太郎が監禁されていないことが分かった。

「どうしやす」

「今日のところは、帰るしかないな」

隼人は、来た道を引き返した。

大川端沿いの道を歩きながら、

「菊太郎の居所は藤木屋かな」

と、隼人がつぶやいた。藤木屋は店をとじたままになっていた。一人監禁するくらいの場所はいくらでもあるだろう。

「そうかもしれねえ」

八吉が言った。

「うむ……」

だが、隼人は藤木屋に菊太郎を閉じ込めておくのは難しい気がした。藤木屋は、浅草でももっとも賑やかな通り沿いにある。長いこと、店をしめたままにしておけないだろう。

それに、隼人は隠居所に左島と彦蔵がいることも解《げ》せなかった。ふたりが話していたように、退屈で耐えられないだろう。長く隠居所にとどまることはできない。左島や彦蔵の隠れ家として隠居所は適さないはずだ。浅草に出るには、大川端の道を歩き、町方の目にとまりやすい浅草寺か駒形堂付近の賑やかな場所を通らねばならない。

隼人が己の考えを八吉に話すと、

「旦那、隠居所近くに張り込んで、通りかかった桑右衛門の子分をひとり捕まえて吐かせやすか」

八吉が足をとめて言った。

「子分でもいいが、左島か彦蔵が出てくるかもしれない」

隼人は、ここまで来たらどちらかを捕らえて口を割らせるのも手だと思った。ただ、しばらくの間、隼人たちが捕らえたことを、桑右衛門たちに気付かれないようにしなければならない。

そんなやり取りをして歩いているうちに、隼人たちは吾妻橋のたもと近くまで来ていた。

隼人は、八吉とふたりだけでやろうと思った。

「やろう」

八吉が訊いた。

「やりやすか」

「念のため藤木屋の前を通ってみるか」

隼人は、藤木屋がいまどうなっているか見てみようと思った。

藤木屋は浅草でも有数の賑やかな通りに面しているので、大勢の参詣客や遊山客に紛れて歩けば、桑右衛門たちに気付かれる恐れはないだろう。

隼人と八吉は通行人を装って、藤木屋の前まで来た。

……職人が出入りしている！

隼人は、畳屋が新しい畳を持って店に入っていくのを目にした。

店開きの準備をしているのだ、と隼人は思った。

隼人は、藤木屋の前を通り過ぎてから、

「八吉、畳屋を見たか」

と、声をかけた。

「見やした」

「これで、菊太郎が閉じ込められているのは、藤木屋ではない、とはっきりしたな」

「へい」

八吉がうなずいた。

七

翌朝、隼人はまだ暗いうちに八丁堀を出た。そして、豆菊に立ち寄り、八吉を連れて浅草今戸町にむかった。

ふたりは今戸町の大川沿いの道をたどり、大きな岩のあるところまで来ると、板塀の陰から、隠居所を覗いてみた。そして、昨日と変わりないことを確かめてから、来た道を二町ほど引き返した。

「ここに、身を隠そう」

隼人が路傍に足をとめた。

そこは、通りの左右が雑木林になっていた。付近に民家はなく、聞こえてくるのは鳥の鳴き声と大川の流れの音だけである。

ふたりは雑木林に入ると、乾いた落ち葉を掻き集め、そこに腰を下ろした。左島や彦蔵が隠居所からいつ出てくるか分からない。気長に待つしかないのだ。

「旦那、一杯やりやすか」

八吉は持参した瓢《ひさご》と木盃《もくはい》を差し出した。瓢には、酒が入っている。八吉は豆菊を出るおり、長丁場になるとみて酒を持参したのだ。

「一杯だけもらうか」

隼人は、酔うわけにはいかなかった。相手が左島や彦蔵なので、ちょっとした油断で、後れをとることになる。

隼人は木盃の酒を飲み干すと、八吉に返した。八吉も一杯だけ飲むと、「あとは喉が渇いたらにしやしょう」と言って、木盃を懐にしまった。

隼人と八吉は通りに目をやり、左島や彦蔵が通りかかるのを待った。

それから一刻（二時間）ほど経ったろうか。

「あれは、猪之助だぞ」

隼人は、隠居所のある方とは反対側を指差した。今戸橋の方から、男がこちらにむかって歩いてくる。

隼人は、男に見覚えがあった。柳原通りで左島たちに襲われたとき、そのなかにいた猪之助である。猪之助の名は、達吉に聞いて知れたのだ。

「猪之助は隠居所へ行くようだ」

「どうしやす」

八吉が訊いた。

「やつを捕らえよう」

隼人は、猪之助も隠居所に出入りしているとみた。左島たちと接触しているなら、菊太郎の居所を知っているはずである。

「あっしが、やつの前に出やす」

八吉は、懐から鉤縄を取り出した。

「おれは、後ろへまわる」

隼人は抜刀し、刀身を峰に返した。斬らずに、峰打ちで仕留めるのである。

猪之助が近付いてきた。隼人たちには、気付いていない。肩を振るようにして、歩いてくる。

「行きやす」

八吉が小声で言って、林のなかから通りに飛び出した。

隼人がつづき、猪之助の背後にむかった。

ギョッ、としたように猪之助は、その場に立ち竦んだ。猪之助は目を剝いて飛び出してきた八吉を見たが、年寄りと分かったらしく、

「だれだ！」

と、叫んだ。

八吉はすこし間を置いて猪之助と対峙《たいじ》し、手にした鉤の付いた細引《ほそびき》をまわし始めた。

ふだんはすこし背のまがっている八吉だが、いまは背筋も伸び、猪之助を見すえた双《そう》眸《ぼう》には、腕利きの岡っ引きだったころを思わせる凄《すご》みがあった。

猪之助は匕首を手にして身構えたが、八吉の使う鉤縄を見て、

「何でえ、そいつは」

と、戸惑うような顔をして訊いた。

「てめえの頭を、ぶち割ってくれるのよ」

八吉のまわす鉤縄が、ヒュン、ヒュンと音をたてた。

この間に、隼人は猪之助の背後にまわり込んでいた。手にした抜き身が、青白くひかっている。猪之助は、八吉の使う鉤縄に気をとられていて、背後から近付く隼人に気付いていなかった。

隼人は低い八相《はっそう》に構え、猪之助に近寄り、

「後ろだ！」

と、声をかけた。

猪之助が振り返った。その一瞬を、隼人がとらえた。素早い太刀《たち》捌《さば》きで、低い八相から刀身を横に払った。

ドスッ、という鈍い音がし、隼人の刀身が猪之助の脇腹をとらえた。峰打ちである。

猪之助は呻《うめ》き声を上げ、両手で腹を押さえてうずくまった。

そこへ、八吉と隼人が身を寄せ、猪之助の両腕をとって林のなかに引き摺《ず》り込んだ。通行人の目に触れないようにしたのだ。幸い、近くに通行人の姿はなかった。

隼人と八吉は通りから離れた場所まで、猪之助を連れていった。

「猪之助、久し振りだな」

隼人は猪之助の脇に立ち、切っ先を猪之助の首にむけた。

「……！」

猪之助は苦痛に顔をしかめたまま隼人を見上げた。

「猪之助、どこへ行くつもりだった」

隼人が訊いた。

猪之助はすぐに口をひらかなかったが、

「大川を眺めに来ただけだ」

と、吐き捨てるように言った。

「この先にある隠居所だな」

隼人が言うと、猪之助が驚いたような顔をした。隠居所のことまでつかまれているとは思わなかったのだろう。

「ちがうか」

「そうだ」

猪之助が答えた。すでに知られていることを、隠しても仕方がないと思ったようだ。

「左島と彦蔵に会いに来たのか」

「……！」

猪之助が隼人の顔を見上げ、目を剝いた。隼人が左島と彦蔵の名まで口にしたからであろう。

「隠居所は、左島たちの隠れ家か」

さらに、隼人が訊いた。

猪之助は戸惑うような顔をして口をつぐんでいたが、

「隠れ家だよ」

と、小声で言った。

「ちがうな。あんなところに身を隠していたのでは、浅草に行き来することもできない。それにな、左島と彦蔵だけが身を隠して、おまえたちが、こうやって歩きまわっているのはどういうわけだ」

「……」

猪之助は何も言わずに首を竦めた。顔が、こわばっている。

「菊太郎は、あの隠れ家にいるのだな」

隼人が菊太郎の名を出して訊いた。

「し、知らねえ」

猪之助が声をつまらせて言った。

「隠しても無駄だ。暗くなってから町方が大勢で踏み込めば、すぐに知れることだ。そのとき、左島と彦蔵を討ち取れば、しばらく桑右衛門にも知れまい」

そう言った後、隼人は切っ先を猪之助の首に当て、

「猪之助、菊太郎は隠居所にいるのだな」

と、語気を強くして訊いた。

それでも、猪之助は口をひらかなかった。

「話さなければ、おまえの首は、ここで落とすことになるぞ」

隼人が、すこし切っ先を引いた。

猪之助の首に血の筋がはしり、ふつふつと血が噴いた。猪之助は、恐怖に目を剝き、体を激しく顫わせた。

「首を落とすぞ！」

言いざま、隼人は刀身を振り上げた。このとき、隼人はこのまま猪之助の首を刎《は》ねてもいいと思った。左島か彦蔵が通りかかるのを持ち、ひとり捕らえて話を聞けば、監禁場所ははっきりするだろう。

「は、話す……」

猪之助が、声を震わせて言った。

「菊太郎は、隠居所にいるのだな」

隼人は同じことを訊いた。

「隠居所のそばだ」

「そばだと」

隼人が聞き返した。

「庭の先の小屋に、閉じ込めてある」

「庭を見たが、小屋などなかったぞ」

「ある。庭先まで行かねえと、見えねえんだ」

猪之助によると、庭の先が急な斜面になっていて川岸へ下りる小径があるそうだ。その小径を下りたところに船寄《ふなよせ》があり、そこに舟をとめて隠居所に出入りできるようになっているという。

「船寄の近くに小屋があって、そこに菊太郎は閉じ込めてあるんで」

さらに、猪之助が言った。

「その小屋には、菊太郎の他にだれもいないのか」

「昼間は、下働きの年寄りが番をしているはずだ」

猪之助は、下働きが菊太郎の世話もしていることを話した。

「うまく、隠したな」

話を聞かなければ、菊太郎が監禁されている場所は分からなかっただろう。

第五章　救出

一

和泉橋のたもと近くの桟橋に、猪牙舟《ちょき》が舫《もや》ってあった。

隼人、八吉、繁吉の三人は、川岸の斜面の小径《こみち》を下って桟橋にむかった。これから、繁吉の舟で、今戸町まで行くのだ。隼人と八吉が、猪之助を捕らえて菊太郎の監禁場所を聞き出した翌朝である。

昨日、隼人たちは捕らえた猪之助を縛り上げ、猿轡《さるぐつわ》をかまして雑木林のなかに隠した後、すぐに深川今川町へ行って繁吉と会い、明朝舟を出すよう頼んだ。

隼人は、隠居所の庭の先にあるという小屋に菊太郎が監禁されているかどうか確かめようと思ったのだ。

隼人から話を聞いた繁吉はすぐに承知したが、すでに暗くなっていたので、明朝ということになったのだ。

先に舟に乗り、艫《とも》に立った繁吉が、

「乗ってくだせえ」

と、隼人と八吉に声をかけた。

ふたりはすぐに舟に乗り、船底に腰を下ろした。

繁吉は棹《さお》を巧みに使って桟橋から船縁《ふなべり》を離し、川下にむかって舟を進めた。隼人たちの乗る舟は神田川を下り、柳橋の下をくぐって大川へ出た。

舟は川上に向かい、浅草御蔵の堀、土蔵、それに四番堀と五番堀の間の尖端《せんたん》に植えられた首尾《しゆび》ノ松と呼ばれる松などを左手に見ながら進んだ。

浅草御蔵を過ぎると、左手前方に浅草の家並がひろがった。川の前方には、吾妻橋がかかっている。

さらに、舟は駒形堂を左手に見ながら進んだ。そして、吾妻橋の下をくぐると、左手の家並の先に浅草寺の堂塔が見えてきた。

繁吉は山谷堀にかかる今戸橋が近付いてきたところで、舟を左手の陸際に寄せた。その辺りから、浅草今戸町である。

「この先ですかい」

繁吉が訊《き》いた。

「まだ先だ。岸際に、船寄《ふなよせ》があるらしい」

隼人は、舟から隠居所は見えないだろうと思った。

それからいっとき進むと、大川の岸際は雑木や松の林が多くなり、場所によっては崖地になっていた。

「あそこだ」

隼人が身を乗り出して指差した。岸際にちいさな船寄があった。崖地に目をやると、なだらかな斜面をたどるように岸まで下りるための小径がつづいていた。その小径を使って、隠居所と船寄を行き来するのだろう。

「小屋がありやす」

八吉が指差した。

船寄近くの小高くなっているところに、狭い平地があった。そこに、小屋が建っていた。舟で運んだ荷を一時的に保管しておくための小屋かもしれない。

「船寄に、舟をとめやすか」

繁吉が訊いた。

「待て、だれかいる！」

隼人は、小屋の脇に人影があるのを目にとめた。小柄な男だった。小袖を尻《しり》っ端折《ぱしょ》りし、股引《ももひき》を穿《は》いていた。すこし、腰がまがっているように見える。

「下働きの男のようだ」

　隼人は、このまま舟を進めてくれ、と繁吉に指示した。

　船寄に舟を着けて、菊太郎を助け出す手もあった。だが、それをすれば隠居所にいる左島と彦蔵には、逃げられる。それに、隼人は昨夜のうちに、天野と坂井に昼前に探索を終えて、八丁堀にもどってくれ、と話してあった。

　菊太郎を助けると同時に隠居所にも捕方をむけて、左島と彦蔵を捕らえたい、と隼人は思っていた。その手筈《てはず》も整えてある。

「繁吉、舟をまわして八丁堀にむけてくれ」

　隼人が言った。

「承知しやした」

　繁吉は棹を使って、水押《みよ》しを下流にむけた。

　隼人は、舟のなかで繁吉と八吉に話した。繁吉には、菊太郎を助けるためにもう一度舟を出すように頼み、八吉にはいったん豆菊にもどって、利助と綾次を同行するよう指示した。菊太郎を救出するために、利助たちも使うのだ。

　繁吉は途中、舟を柳橋近くの桟橋にとめて、八吉を下ろした。八吉は豆菊に立ち寄って利助と綾次を連れ、またこの桟橋で舟に同乗することになる。

隼人の乗る舟は日本橋川を遡《さかのぼ》り、南茅場町にある桟橋に着いた。

「一刻（二時間）ほどしたら、またここに来てくれ」

そう言い置き、隼人は桟橋に下りると、急いで八丁堀にむかった。

隼人は八丁堀にもどると、先に坂井の住む組屋敷に立ち寄り、ふたりで天野の許《もと》にむかった。

天野は組屋敷で隼人たちを待っていた。

三人が座敷に腰を下ろすと、

「菊太郎が閉じ込められている小屋を確かめた。これから、助けに向かいたい」

すぐに、隼人が切り出した。

「承知しました。われらは、今戸町の隠居所に向かいます」

天野が顔をひきしめて言った。

すでに、隼人は天野たちに隠居所のある場所と目印の岩のことも話してあった。天野たちは、舟ではなく徒歩で今戸町にむかうことになっていたのだ。

「頼む」

「急な話なので、捕方は大勢は集められません」

天野によると、坂井の手先もくわえて十数人ではないかという。

「それで、十分だ。菊太郎を助ければ、おれたちも捕方にくわわる」

隼人は、菊太郎を助けて舟に乗せた後、崖地の小径をたどって隠居所の庭に出るつもりだった。

「時を決めておこう」

隼人が言った。

「われらが、今戸町に着くのは、七ツ（午後四時）ごろになるかもしれません」

「七ツまでに、菊太郎を助け出そう」

そう言って、隼人は腰を上げた。舟なら速いので、天野たちが今戸町に着くまでに、菊太郎を助け出すことができるはずだ。

天野と坂井も、立ち上がった。すぐに、今戸町にむかうための支度をするようだ。

二

隼人は自分の住む組屋敷には立ち寄らず、南茅場町の桟橋にむかった。桟橋には繁吉の舟はなかったが、いっとき待つと、川下から遡ってくる舟が見えた。繁吉と浅次郎が乗っている。

繁吉は船縁を桟橋に着けると、

「旦那、乗ってくだせえ」

と、隼人に声をかけた。

隼人が舟に乗り、船底に腰を下ろすと、繁吉は棹を使って水押しを下流にむけた。すぐに、舟は流れに乗って下り始めた。

「浅次郎も、連れてきやした。何かの役にたつはずでさァ」

繁吉が、川の流れの音に負けないように声高《こわだか》に言った。

「浅次郎、頼むぞ」

「へい、菊太郎さんを助け出すためなら、何でもやりやすぜ」

浅次郎が、昂《たかぶ》った声で言った。

隼人たちの乗る舟は大川に出ると、水押しを川上にむけた。舟は両国橋をくぐるとすぐに水押しを左手にむけ、柳橋近くの桟橋にとまった。そこで、八吉、利助、綾次の三人が待っていた。

舟は八吉たちを乗せると、大川を遡り、今戸町にむかった。吾妻橋をくぐったところで、隼人は西の空に目をやった。

陽《ひ》は西の空にまわっていたが、七ツまでには間がありそうだ。隼人は天野たちより先に仕掛けるつもりだったが、まだ早過ぎる。

「繁吉、ゆっくり進んでくれ」

天野たちとの連携が大事である。

「へい」

繁吉は左手の陸際に舟を寄せ、ゆっくりと大川を遡った。

左手に見えていた今戸町の町並が途絶え、雑木や松の林が目立つようになった。辺りが薄暗く感じられた。舟を岸際に寄せたために、陽が林のむこうに隠れたせいである。

舟は岸際を進んだ。いっときすると、前方に船寄とその先にある小屋が見えてきた。船寄や小屋の近くに人影はなかった。

「旦那、どうしやす」

繁吉が訊いた。

「舟を船寄に着けてくれ」

隼人は、そろそろ菊太郎を助け出すころだと踏んだ。

舟が船寄に着くと、繁吉は舫い綱を杭《くい》にかけた。隼人、八吉、利助、綾次、浅次郎の五人が次々に船寄に下り立ち、繁吉がつづいた。

隼人は足音をたてないように、小屋にむかいながら周囲に目を配った。

……だれかいる！

小屋のなかで、物音がした。閉じ込められている菊太郎がたてた音であろうか。

隼人は足音を忍ばせて、小屋の戸口に近寄った。そして、板戸の節穴から覗《のぞ》いてみた。小屋のなかは薄暗かったが、人影があった。ふたりいる。

……菊太郎だ！

小屋の奥に、菊太郎の姿があった。縄をかけられている。背後の柱に縛りつけられているようだ。

もうひとり、小柄な男の姿があった。老齢らしく、すこし腰がまがっている。

隼人は、下働きの男だ、と察知した。見張りであろうか。菊太郎の世話をするために来たのであろうか。

隼人はそばにいる八吉たちに、入るぞ、と手で合図し、板戸に手をかけて引いた。

板戸は重い音をひびかせてあいた。

小屋のなかが、明るくなった。下働きの男は、突然小屋に入ってきた隼人たちを見て、凍りついたようにその場につっ立った。体がわなわなと顫《ふる》えている。

「騒ぐな！　おとなしくしないと、斬るぞ」

隼人は、下働きの男にそう言った後、すぐに菊太郎のもとに走り寄った。

菊太郎は目を剝《む》いて隼人を見ると、

「父上！」

と、声を上げた。

菊太郎は痩せて、頰の肉がげっそりと落ちていた。見開いた目が、妙に大きく見える。

「菊太郎、助けに来たぞ」

隼人は手にした刀で、菊太郎を後ろ手に縛ってある縄を切った。

菊太郎は、すぐに立ち上がれなかった。長い間、腰を下ろした状態で監禁されていたので、足腰が弱っているのかもしれない。

利助と綾次が菊太郎の両脇にまわり、腋《わき》の下に手をまわした。そして、抱え上げるようにして菊太郎を立たせた。

「ち、父上、左島と彦蔵が、崖の上の母屋にいます」

菊太郎が声を震わせて言った。

「分かっている。おれは、これから隠居所に行く」

隼人は、その場にいる利助たちに、菊太郎を連れて先に舟で八丁堀に向かうよう指示した。

「この男は、どうしやす」

利助が、下働きの男に目をやって訊いた。

「八丁堀の大番屋に、連れていってくれ」

隼人は、後で下働きの男からも話を聞くつもりだった。

「承知しやした」

利助はすぐに下働きの男にも縄をかけた。

下働きの男は、蒼《あお》ざめた顔でつっ立っているだけで抵抗しなかった。利助たちのなすがままになっている。

「八吉、行くぞ」

隼人が八吉に声をかけた。

隼人は菊太郎を助けた後、八吉とふたりで隠居所にむかうことにしてあった。八吉にもそのことは話してある。

隼人と八吉は、急坂になっている小径を上った。隠居所の庭につづいているはずである。

隼人たちは小径から庭に出た。庭にも隠居所の縁側にも、人影はなかった。陽は雑木林のむこうに沈みかけていた。七ツごろではあるまいか。

まだ、天野たちが踏み込んできた様子はなかった。

「座敷に、だれかいやす！」

八吉が言った。

縁側に面した障子のむこうで、かすかに人声がした。男の声であることは分かったが、話の内容までは聞こえなかった。

「近付いてみよう」

隼人と八吉は、足音を忍ばせて縁側に近付いた。

三

そのとき、隠居所の戸口の方で板戸をあける音がし、何人もの足音が聞こえた。天野たちが踏み込んだらしい。

つづいて、御用！　御用！　という声がした。捕方たちである。

すると、縁側に面した座敷の障子のむこうで、「捕方が踏み込んできた！」「表へ逃げろ」などという男の声がひびいた。

「いまだ！」

隼人は抜刀した。

八吉も懐から鉤縄《かぎなわ》を取り出し、鉤をまわし始めた。

ガラリ、と座敷の障子があいた。縁側に飛び出してきたのは、左島と彦蔵だった。

すでに左島は抜き身を引っ提げ、彦蔵は匕首《あいくち》を手にしている。

「庭にもいやがる！」

彦蔵が叫んだ。

「長月だ！」

左島が隼人を見て声を上げた。

ふたりは、縁側に立ったまま動かなかった。隼人たちの姿を見たからだろう。家のなかから、大勢の者が踏み込んでくる足音がし、御用、御用、という何人もの声が聞こえた。天野たち捕方が、縁側に面した座敷に近付いてくる。

座敷に捕方たちの姿が見えた。天野と坂井もいる。捕方たちは、十手や六尺棒を手にしていた。

「捕れ！」

天野の声がひびいた。

すると、左島が縁側から庭に飛び下り、すぐに彦蔵がつづいた。

隼人は、左島にむかって歩を寄せた。八吉も、鉤をまわしながら彦蔵に近付いていく。

天野と坂井をはじめ大勢の捕方たちが、座敷から縁側に出てきた。

「庭にいるぞ！」

天野が声を上げた。

庭に飛び出した左島は周囲に目をやったが、逃げ場はないとみたらしく、隼人に近付いてきた。

左島は隼人から三間ほどの間合をとって対峙《たいじ》したが、すぐに刀を構えなかった。抜き身を引っ提げたままである。

「左島、観念しろ。菊太郎は、助けたぞ」

隼人はゆっくりとした動きで青眼《せいがん》に構えた。

「よく、居所が分かったな」

左島が訊いた。

「猪之助から聞いたのだ」

「やはり、猪之助はおぬしに捕らえられたのか。昨日から姿を見せないのでな、町方の手にかかったと、みてはいたのだ」

左島はゆっくりした動きで抜刀した。そして、下段に構え、刀身をだらりと下げた。下段くずしと称する構えである。この構えから、左腕を狙って斬り上げるつもりらしい。

そのとき、庭での闘いの様子を目にした天野が、

「捕れ！　ふたりを」

と、叫んだ。

すると、十手や六尺棒を手にした捕方たちが、次々に庭に飛び下り、御用、御用という声を上げながら、左島と彦蔵に迫ってきた。

これを見た左島が、いきなり仕掛けた。下段に構えたまま摺《す》り足で隼人に迫ると、

イヤアッ！

裂帛《れっぱく》の気合を発し、体を躍らせた。

左島は、下段から掬《すく》い上げるように隼人の左腕を狙って斜に斬り上げた。一瞬の太《た》刀捌《ちさば》きである。

咄嗟《とっさ》に、隼人は身を引いて左島の太刀をかわした。隼人は左島の下段くずしからの太刀筋を承知していたので、かわすことができたのだ。

間をおかず、隼人は踏み込んで斬り込もうとした。だが、左島はすばやく後じさり、

隼人との間があくと、反転して縁側にむかって疾走した。

左島は逃げたのだ。

左島の後方にいた捕方たちが、慌てて左右に身を引いた。左島の剣幕に恐れをなしたようだ。

「逃げるか！」

隼人は左島の後を追った。

左島は抜き身を引っ提げたまま縁側に飛び上がり、座敷に踏み込んだ。座敷にいた何人かの捕方が、逃げ散った。

隼人は左島の後を追って、縁側から座敷に入った。ここで、左島を逃したくなかった。やっと、追い詰めたのである。

左島は座敷から右手の廊下へ出ると、裏手にむかった。勝手を知った家のせいか、迷いがない。

隼人は左島を追って廊下に踏み込んだ。そこに左島の姿はなく、家の表の方で足音がした。隼人は廊下をたどり、表の戸口まで出た。そして、木戸門の前まで来ると、左島の後ろ姿が林間の小径の先にちいさく見えた。

遠方である。左島は抜き身を引っ提げたまま逃げていく。

……逃げられた！

と、隼人は思った。

すぐに、左島の姿は見えなくなった。吾妻橋の方へつづく通りに出たらしい。

隼人は隠居所のなかにもどり、廊下をたどって縁側に出た。そして、庭に目をやると、彦蔵が天野たち捕方に囲まれていた。

彦蔵はざんばら髪で、顔には打擲の傷があった。捕方たちの十手や六尺棒で殴られたらしい。

「捕れ！」

天野が叫んだ。

すると、捕方のひとりが彦蔵の背後から近付き、腹の辺りに抱き付いて前に押し倒した。

腹這《はらば》いに倒れた彦蔵を、ふたりの捕方が両肩をつかんで押さえつけ、別の捕方が彦蔵の両腕を後ろにとって縄をかけた。

天野はその場に近付いてきた隼人に、

「左島はどうしました」

と、訊いた。

「逃げられたよ」

隼人は、左島が隠居所のなかを通って表の戸口から逃げたことを話した。

「俺ももっと気をつけていればよかった」

天野が残念そうな顔をして言った。

隠居所での捕物は、終わった。彦蔵は捕らえたが、左島は逃がしてしまった。

隼人は、天野たちと左島が逃げた道をたどって吾妻橋の方へむかった。途中、雑木林のなかに縛りつけてあった猪之助を連れて、八丁堀に帰った。猪之助からも訊くことがあったのだ。

四

その日、隼人が遅くなって八丁堀に帰ると、菊太郎とおたえが、戸口まで出て迎えてくれた。おたえに訊くと、利助たちが菊太郎を組屋敷まで送ってくれたという。

「菊太郎は湯に入って、お茶漬けを食べたんですよ」

おたえが、ほっとした顔をして言った。

「おれのめしも、あるか」

隼人は空腹だった。昼めしも食っていなかったのだ。

「お茶漬けなら、すぐに用意できますよ」

おたえが言った。

「茶漬けでいい」

「すぐ、用意しますから」

おたえは、急いで台所にむかった。

隼人は菊太郎を連れ、座敷にもどって腰を下ろすと、

「彦蔵は捕らえたが、左島には逃げられたよ」

そう言って、渋い顔をした。

「左島は、桑右衛門のところに身を寄せたかもしれません」

菊太郎が言った。

「おれもそうみているが、すぐに突き止められるようなところにはいまい。……だが、彦蔵を捕らえてある。明日にも彦蔵の口を割って、居所をつきとめるつもりだ」

隼人は、左島だけでなく、桑右衛門と手先の居所もつきとめ、できるだけ早く捕らえるつもりだった。


翌朝、隼人が南茅場町の大番屋へ行くと天野の姿があった。

「先に、どちらを訊問《じんもん》しますか」

天野が訊いた。

「彦蔵からだな」

隼人が言った。猪之助から訊くことはあまりなかったのだ。

天野は近くにいたふたりの牢番《ろうばん》に、彦蔵を吟味の場に連れてくるよう指示した。隼人たちの場合、下手人の吟味ではなく、逃げた左島や桑右衛門の居所を聞き出すための訊問だった。

ふたりの牢番は彦蔵を吟味の場に連れ出し、土間に敷かれた筵《むしろ》の上に座らせた。牢番は六尺棒を手にして、彦蔵の後ろに立った。彦蔵が訊問に答えないときに、六尺棒で叩《たた》いて自白をうながすのである。

通常、与力《よりき》の吟味のおりに、牢番は下手人に自白させるためにそうするのだが、隼人たちにも気を使って、後ろに立ったようだ。

「彦蔵、顔を上げろ」

隼人が声をかけた。

彦蔵は顔を上げた。ひどい顔である。昨日、捕方たちに六尺棒で殴られたため、額が赭黒《あかぐろ》く腫れあがり、頰に青痣《あおあざ》ができていた。

「昨日、逃げた左島だが、いまどこにいる」

隼人は、核心から訊いた。

「知らねえ」

彦蔵が顔をしかめて言った。

「心当たりがあるだろう」

「ねえ……」

彦蔵は口を引き結び、顔を伏せてしまった。

「彦蔵、左島はおまえを見捨てて逃げたのだぞ。いっしょに逃げようとすれば、おまえも逃げられたはずだ」

「……！」

彦蔵が顔を上げた。肩先が震えている。

「それとも、左島がここに助けに来てくれるとでも思っているのか」

隼人が言うと、彦蔵の顔が憎悪にゆがんだ。左島が自分を見捨てて逃げたことが、頭をよぎったのだろう。

「左島は、どこにいる」

隼人が声をあらためて訊いた。

「元締めのところだ」

彦蔵が顔をしかめて言った。

「桑右衛門だな」

「そうだ」

「元締めは、どこにいる」

隼人たちは、桑右衛門の居所もつかんでいなかった。

「藤木屋だよ」

「藤木屋には、いないぞ」

隼人の脇にいた天野が言った。

天野は、桑右衛門たちに顔を知られていない岡っ引きを使って、藤木屋と浜京の両方に探りを入れたが、桑右衛門がいる様子はなかったのだ。

「藤木屋には、隠れ家があるのよ」

彦蔵は隠さず話した。左島に対する憎悪もあろうが、逃げられないとみて観念したようだ。

「隠れ家だと」

隼人が身を乗り出して訊いた。

「そうよ。……藤木屋の裏手にある離れだ。あそこには身内しか入れねえで、隠れ家として使っているのよ」

彦蔵によると、離れには店の脇から出入りでき、しかも離れは周囲を庭木でかこわれているので、通りを行き来するひとからは見えないという。

「そこに、左島も身を隠したのだな」

「はっきりしたことは分からねえが、藤木屋しか隠れ家はねえはずだ……」

彦蔵は語尾を濁した。

「そうか」

ともかく、藤木屋を探るしかない、と隼人は思った。

「ところで、殺し屋はおまえと左島、それに猪之助の三人か」

隼人が訊いた。

「そうでさァ」

「手引きする者もいるな」

「へい」

「だれだ」

「平吉に栄助《えいすけ》。それに、若い衆も元締めの指図でやるときがありやす」

「平吉と栄助はどこにいる」

「浜京にいやしたが、いまは、藤木屋にいるかもしれねえ」

「一味は、藤木屋に集まっているようだな」

隼人はいっとき口をつぐんだ後、

「ところで、松沢屋のあるじ、庄兵衛の殺し料はどれほどだ」

と、声をあらためて訊いた。

「五百両で……」

「いい値だな」

隼人が驚いたような顔をした。

「安いくらいでさァ。こっちの手に入るのは、二百両そこそこですぜ。それで、命を懸けてるんで」

彦蔵が渋い顔をして言った。

当然のことだが、殺し料は元締めや手引き人にも分けられるらしい。

「藤木屋の鶴蔵は、依頼されて殺《や》ったわけではあるまい」

隼人は矛先を変えた。

「鶴蔵は、元締めが金を出したんでさァ」

「藤木屋を手に入れるためか」

「そうで」

「桑右衛門は、藤木屋の離れに目をつけて店を手に入れたがったのではないか」

桑右衛門は、殺しの依頼を受けたり、殺し屋たちと密談したりするのに、藤木屋の離れは絶好の場とみたのだろう。

彦蔵は、無言のままうなずいた。

隼人は天野に目をやり、何か訊くことはあるか、と声をかけた。

すると、天野が、

「藤木屋は、いつ店をひらくのだ」

と、彦蔵に膝をむけて訊いた。藤木屋が店開きする前に踏み込みたい、と天野は思ったようだ。

「ここ、二、三日の間だとみてやすが」

「そうか」

天野が隼人に目をやってうなずいた。

彦蔵につづいて、猪之助を吟味の場に連れてきた。隼人は、すでに猪之助から話を訊いていたので、天野にまかせた。

天野は、彦蔵が自白したことをひととおり確かめた上で、

「左島と彦蔵は、いつごろから殺し屋として、桑右衛門のところに出入りするようになったのだ」

と、声をあらためて猪之助に訊いた。

「三年ほど前《めえ》でさァ」

桑右衛門は、料理屋のあるじというのは名ばかりで、殺し屋の元締めになる前は賭場をひらいたり、子分を使って金持ちから金を脅し取ったり、やくざの親分のようなことをしていたという。

その当時、賭場の用心棒として雇ったのが左島で、たまたま金を積まれて頼まれた殺しを左島にやらせたそうだ。

「それがうまくいったようでしてね。その後、子分のなかから腕のたつ彦蔵にも殺しをやらせるようになったんでさァ」

「殺しの仕事を隠すためにも、藤木屋を手に入れたかったのだな」

天野はそうつぶやいて、座りなおした。

「猪之助を、牢にもどしてくれ」

隼人がふたりの牢番に声をかけた。

五

隼人と天野が彦蔵と猪之助を訊問した後、坂井が大番屋に顔を見せ、三人で藤木屋に踏み込んで桑右衛門たちを捕らえる手筈を相談した。

「並木町の通りは、浅草でも人出が多い。うまくやらないと、桑右衛門たちを取り逃がすだけでなく、事件にかかわりのない者まで巻き添えになるぞ」

隼人は、参詣客や遊山客のいないときに、踏み込むしかないことを話した。

「夜中ですか」

坂井が訊いた。

「いや、早朝だ。……それも、夜が明けきらないうちがいい」

並木町の門前通りのような繁華街は、夜中まで遊山客で賑わっている。それに、夜陰のなかでの捕物は、肝心の桑右衛門や左島を取り逃がす恐れがあった。

ところが、門前通りは朝が遅い。明け六ツ（午前六時）を過ぎても、ほとんどの店はしまっている。参詣客もすくない。

「それで、踏み込む日は」

天野が訊いた。

「早い方がいい。すでに、桑右衛門も彦蔵と猪之助が捕らえられたことは、知ったはずだ。下手《へた》をすると、隠れ家を変えるかもしれん」

　隼人はそう言って、いっとき黙考していたが、

「明日だな。与力の出役は仰がずに、おれたち三人で踏み込むつもりだ」

と、強いひびきのある声で言った。

　通常、大きな捕物の場合、与力が出向くことになる。だが、与力の出役を仰ぐとなると、明日というわけにはいかない。それに、大勢の捕方を集めるので、すぐに桑右衛門たちに知れてしまう。

「今日のうちに、捕方を集めてくれ」

　隼人が言った。

「何人も集められませんが」

　坂井の顔に困惑の色が浮いた。

「何人でもいい。三人で集めれば、そこそこの人数にはなるだろう」

「承知しました」

　天野が言うと、坂井がうなずいた。

　それから隼人たちは、明日並木町にむかう手筈を相談してから立ち上がった。

隼人は大番屋を出た足で、まず豆菊にむかった。そして、彦蔵と猪之助の自白内容と、明日の早朝、桑右衛門たちの捕縛《ほばく》にむかうことを伝えた。

「利助たちに、頼みがある」

隼人が声をあらためて言った。

「なんです」

利助が身を乗り出すようにして訊いた。

「すぐに、繁吉と浅次郎に連絡してくれ。明日、夜が明ける前に、駒形堂の前に来てくれとな」

「承知しやした」

「利助たちも、駒形堂の前に行ってくれ。明日は、おれもここに寄らず、八丁堀から浅草に向かう」

「旦那、繁吉の舟を使ったらどうです」

黙って聞いていた八吉が口をはさんだ。

「おれたちも、舟を用意したのだ」

隼人は、天野たちと相談し、猪牙舟を二艘《そう》用意することにした。天野と坂井が手札を渡している岡っ引きのなかで、船頭や船頭だった者と懇意にしている者に、舟を調達させることにしたのだ。

「旦那、あっしも行きやす」

八吉が、目をひからせて言った。

「頼む」

八吉の鉤縄は、戦力になる、と隼人はみた。

翌日、隼人は八ツ半（午前三時）ごろに起き、捕物に出かける支度を始めた。すると、菊太郎が顔を出し、

「父上、おれも行きます」

と、顔をひきしめて言った。見ると、菊太郎は小袖と袴《はかま》姿に着替えている。

「いっしょに行くか」

隼人は、菊太郎を連れて行こうと思った。監禁されて弱っていた体は、だいぶ復調していた。菊太郎は若いし、怪我《けが》や病を患ったわけではないので、元気になるのが早いのだ。

おたえは眉を寄せたが、何も言わなかった。父子《おやこ》のやり取りを聞いて、引き止めない方がいいと思ったようだ。

隼人と菊太郎は支度を終えると、おたえに見送られて木戸門から出た。八丁堀は、まだ深い夜陰につつまれていた。同心たちの組屋敷も夜の帳《とばり》につつまれ、ひっそりと寝静まっている。

南茅場町の大番屋の前まで行くと、何人もの人影があった。集まった捕方たちのなかに、天野と坂井の姿もあった。天野たちもそうだが、捕方たちも捕物装束ではなかった。ふだん市中を歩いているような格好である。

隼人たちが相談したとき、人目を引かないように市中を巡視しているときの格好で並木町にむかうことに決めたのだ。

その場に集まっている捕方は、十数人であろうか。大捕物にしては、あまりにすくなかった。

「他に十人ほど、駒形堂の前に集まるはずです」

天野によると、浅草と本所界隈《かいわい》の岡っ引きや下っ引きは、ここには来ないで駒形堂の前に集まることにしてあるという。

「おれも、利助や繁吉たちには、駒形堂に集まるように話してある」

隼人は、駒形堂に集まる捕方もくわえれば、相応の人数になると踏んだ。

「出かけるか」

隼人が言うと、天野は無言でうなずいた。

「舟は」

隼人が訊いた。

「桟橋に、用意してあります」

そう答えた後、天野は集まっている捕方たちに、桟橋に向かうよう指示した。

桟橋は夜陰につつまれていたが、月明かりで舫ってある舟が識別できた。日本橋川の川面が淡い青磁色に染まり、無数の波の起伏が刻まれている。

桟橋には、二艘の猪牙舟が舫ってあった。艫に立ったのは、船頭の経験のあるふたりの男である。

天野は先に隼人と坂井を乗せてから、

「乗り込め」

と、捕方たちに声をかけた。

六

駒形堂の前に、十数人の男が待っていた。そのなかに、八吉、綾次、浅次郎の姿はあったが、利助と繁吉の姿がない。

「利助と繁吉は、どうした」

隼人が訊いた。

「ふたりは、藤木屋の様子を見に行ってやす。じき、もどるはずでさァ」

八吉が言った。

「そうか」

隼人は東の空に目をやった。

辺りはまだ夜陰につつまれていたが、東の空には淡い曙色《あけぼのいろ》がひろがっていた。夜明けまで、あまり間がないようだ。

「利助たちが、来やした」

八吉が言った。

見ると、利助と繁吉が走ってくる。ふたりは、捕方たちのなかにいる隼人を目にすると、すぐに近寄ってきた。

「どうだ、藤木屋の様子は」

隼人は、天野やその場に集まっている捕方たちにも聞こえる声で訊いた。

「変わりありません」

利助によると、並木町の通りに人影はなく、藤木屋も通り沿いの他の店も寝静まっている。

「天野、聞いたとおりだ」

隼人が声をかけると、

「行きましょう」

天野はそう言った後、捕方たちに声をかけて先にたった。並木町の門前通りは、利助たちの報告どおりひっそりと寝静まっていた。

すぐに隼人たちがつづき、捕方たちも後についた。

藤木屋の前まで来ると、隼人は周囲に目をやった。東の空がいくぶん明るくなり、辺りの夜陰が薄れている。

藤木屋も付近の店も寝静まり、物音も人声も聞こえてこない。

隼人は、藤木屋の入口の脇から奥を覗いた。細い通路があり、奥の離れへ行けるようになっていた。薄れてきた夜陰のなかに、庭木の葉叢《はむら》と離れらしい建物の屋根の輪郭だけが、ぼんやりと識別できた。

「踏み込むぞ」

隼人が声をかけ、天野とともに先にたった。捕方がつづき、坂井がしんがりについた。坂井は、一隊の背後から藤木屋や離れに目を配っている。

藤木屋の脇を過ぎると、紅葉《もみじ》、高野槙《こうやまき》、松などの葉叢の間に離れの一部が見えた。近付くと、離れ全体が見えてきた。思ったより大きな建物だった。洒落《しゃれ》た造りで、入口は格子戸になっている。まだ、桑右衛門たちは寝入っているのか、物音も話し声も聞こえてこなかった。

隼人たち一隊は入口の近くまで来ると、二手に分かれた。裏手からの逃走を防ぐため、坂井が十人ほどの捕方を連れて離れの裏手にまわった。

隼人は坂井たちが裏手にまわるのを待ってから、入口の格子戸に手をかけた。あかなかった。用心のために、心張り棒でもかってあるのだろう。

隼人が小声で言った。

「ぶち壊せ」

すると、大柄な捕方のひとりが、鉈《なた》を手にして格子戸の前に立った。隼人たちは出入口の戸があかないことも想定していた。それで、捕方のひとりに鉈を持参させたのだ。

捕方は鉈を振り上げ、格子戸めがけて振り下ろした。

バキッ、という大きな音がし、格子が砕け散った。捕方が三度鉈を振り下ろすと、体の半身が入るほどの大きな隙間ができた。

捕方は隙間から体を入れ、心張り棒を外した。
男が引くと、格子戸は音をたてて開いた。
「踏み込むぞ！」
隼人が真っ先になかに入った。
土間の先が、狭い板間になっていた。その先に襖《ふすま》がたててあった。座敷になってい
るようだ。板間の右手に廊下があった。奥につづいているらしい。
……だれかいる！
襖のむこうで、夜具を撥《は》ね除《の》けるような音がした。つづいて、「押し込んできた
ぞ」という男のうわずった声がした。ひとりではないようだ。
隼人は抜刀し、抜き身を引っ提げたまま板間に上がった。天野、菊太郎、八吉、そ
れに利助たち捕方が、次々に板間に踏み込んだ。
隼人が、襖をあけはなった。
ふたりの男がいた。寝間着姿である。座敷には、夜具が敷いてあった。ふたりは平
吉と浜京の若い衆だったが、隼人たちはまだふたりがだれか分からない。
「捕方だ！」
平吉が叫んだ。

若い衆は夜具の脇に置いてあった匕首を手にし、

「てめえら、殺してやる！」

と痙攣《ひきつ》った声で叫び、匕首を隼人たちにむけた。

平吉は、「捕方だ！　踏み込んできやがった！」と叫びながら、右手に逃げようとした。廊下へ出て、裏手に向かおうとしたのだ。

御用！

御用！

と声を上げ、捕方たちが十手や六尺棒を手にして平吉と若い衆を取り囲んだ。

天野が十手を手にし、

「捕れ！」

叫びざま、平吉の前に立ちふさがった。

隼人は、平吉と若い衆を天野たちにまかせて廊下に出た。桑右衛門と左島を捕らえねばならない。隼人に、八吉、菊太郎、それに五、六人の捕方がつづいた。

廊下沿いに、襖がたててあった。二部屋あるらしい。廊下の突き当たりは、台所らしかった。薄闇のなかに、竈《かまど》がぼんやりと見えた。

襖のたててある手前の座敷で物音がした。ここにもだれかいるようだ。

七

隼人が襖をあけはなった。

座敷に男と女がいた。ふたりとも寝間着姿である。男は、年配で赭黒い顔をしていた。はだけた寝間着の間から胸毛が見えた。

「八丁堀か！」

男が叫んだ。

逃げるつもりらしく、男は隣りとの境にたててある襖に背を擦るようにして、右手の廊下へむかった。

女は年増《としま》だった。はだけた襦袢《じゅばん》をなおそうともせず、目を剝いて、身を顫わせている。

隼人は、赭黒い顔をした男が桑右衛門とみた。年格好や顔付きを聞いていたので、分かったのである。

「桑右衛門、おとなしく縛《ばく》に就けい！」

隼人が切っ先を桑右衛門にむけた。刀身を峰に返してある、隼人は、峰打ちにして生け捕りにするつもりだった。

利助や捕方たちが、御用！　御用！　と声を上げ、十手や六尺棒を手にして桑右衛門を取り囲むようにまわり込んだ。

「ちくしょう！」

桑右衛門は目をつり上げ、必死の形相で逃げようとした。

「逃がさぬ！」

隼人が踏み込み、桑右衛門の腹を狙って刀を一閃《いっせん》させた。

桑右衛門は、逃げようともかわそうともしなかった。隼人の迅《はや》い動きに対応できなかったのだ。

皮肉を打つにぶい音がし、隼人の刀身が桑右衛門の脇腹に食い込んだ。

グワッ、という叫び声を上げ、桑右衛門は腹を押さえてその場にうずくまった。そこへ、利助と捕方たちが駆け寄り、桑右衛門の両手を後ろにとって早縄をかけた。桑右衛門は抵抗しなかった。利助たちのなすがままになっている。

「女にも、縄をかけろ」

そう言い残し、隼人は抜き身を引っ提げたまま廊下に出た。菊太郎と八吉が、隼人につづいた。

隼人が、桑右衛門がいた部屋の隣りの襖をあけた。

座敷に、男がふたりいた。ひとりは、武士だった。左島である。もうひとりは町人体《てい》の男だった。ふたりとも、寝間着姿である。

左島は抜き身を手にしていた。町人体の男は、匕首を握りしめている。この男は、栄助だが、隼人は顔を知らなかった。

「左島！　縛に就けい」

隼人が声を上げ、切っ先を左島にむけた。

「おのれ！」

左島は、部屋の脇にあった長火鉢に置いてあった鉄瓶を手にし、いきなり隼人にむかって投げ付けた。

鉄瓶が隼人にむかって飛び、足元の畳に落ちて、バシャ、と水が飛んだ。一瞬、隼人が棒立ちになったとき、左島は廊下に飛び出した。

「待ちゃァがれ！」

と叫び、左島につづいて廊下に出たのは、八吉だった。

隼人が八吉につづき、菊太郎は座敷に残って、栄助に切っ先をむけた。そこへ、数人の捕方が踏み込んできた。

八吉と隼人は、左島を追った。だが、左島の逃げ足は速かった。廊下から突き当たりの台所へ逃げ込み、土間へ飛び下りた。そして、背戸をあけて表へ飛び出した。

そのとき、坂井と十人ほどの捕方が、背戸のまわりをかためていた。

坂井は、飛び出してきた左島を見ると、

「捕れ！」

と声を上げ、自分も手にした十手を左島にむけた。

御用！　御用！　と捕方たちが声を上げ、手にした十手や六尺棒を左島にむけて取り囲んだ。

すると、左島は刀を八相《はっそう》に構え、
イヤアッ！

と、絶叫のような気合を発し、正面に立った捕方にむかって踏み込んだ。威嚇《いかく》したらしい。

捕方は逃げた。恐怖で顔が引き攣《つ》っている。

左島は捕方を斬らず、捕方が逃げた間隙をついて走りだした。

「待て！」

坂井が追った。

捕方たちも坂井につづいたが、左島との間はひろがるばかりだった。

そこへ、隼人と八吉が背戸から飛び出した。左島は離れのまわりに植えられた庭木の間を擦り抜け、表の門前通りにむかって逃げた。

隼人と捕方たちが、左島を追った。だが、左島との差は、つまらない。

辺りは、明るくなっていた。樹間を逃げていく左島の後ろ姿が、はっきりと見えた。

左島は藤木屋の脇から、表の門前通りへ飛び出した。

すこし遅れて、隼人たちも門前通りに出た。通りの先に、逃げていく左島の後ろ姿がちいさく見えた。左島の手にしている刀身が、朝陽を反射《はね》てキラリ、キラリと光った。

門前通りに、参詣客らしいひとの姿がちらほら見えた。

きゃっ！　という女の悲鳴が聞こえた。通行人たちが、抜き身を引っ提げて走ってくる左島を目にし、悲鳴を上げて逃げ散った。

左島の姿が、門前通りを遠ざかっていく。

隼人はすこし走ったところで足をとめ、

「また、逃げられた」

と、荒い息を吐きながら言った。

隼人は左島の姿が通りの先に消えるまで見ていたが、諦めて八吉や坂井たちとともに離れにもどった。

離れの捕物は、終わっていた。

捕らえたのは、桑右衛門、栄助、平吉、若い衆、それに桑右衛門といっしょにいた年増だった。年増の名は、おまき。桑右衛門の情婦《いろ》らしい。

「逃がしたのは、左島だけだ」

隼人は、「上首尾と言っていい」とつぶやいたが、顔には無念そうな表情があった。二度も、左島の逃走を許したからである。

第六章　遠山《えんざん》の目付《めつけ》

一

隼人たちは、捕らえた桑右衛門たち五人を離れの戸口に近い座敷に集めた。五人とも、後ろ手に縛られている。

「こやつら、どうする」

隼人が天野と坂井に目をやって訊《き》いた。

「大番屋に連れていくにしても、門前通りは人目をひきますね」

天野が言った。

浅草寺の門前通りは、大勢の参詣客や遊山客が行き交っていた。捕縛《ほばく》した桑右衛門たち五人を連行するとなると、大騒ぎになるだろう。

「人目を引くこともあるが、おれはここで話を訊きたい」

「ここで、吟味するのですか」

「吟味ではない。左島の逃げた先を訊きたいのだ。日を置くと、左島は江戸から姿を消すかもしれん」

隼人の顔は、厳しかった。

左島の逃走先は、分かっていなかった。ここにいる捕方たちに指示して聞き込みにあたらせても、行き先をつきとめるのは難しいだろう。捕らえた五人から話を聞いた方が早いかもしれない。

「分かりました」

天野は言うと、坂井もうなずいた。

「話を訊くのに、大番屋よりいいな」

隼人が言った。

賑《にぎ》やかな通りに面しているが、離れは盲点になっていた。藤木屋の裏手の庭木につつまれたなかに建っていて、通りからは見えない。しかも、藤木屋はまだ開店していないので、多少の声が洩《も》れても、他人の耳にはとどかないはずだ。

「まず、桑右衛門から話を聞くつもりだが、大勢の捕方をここに残しておくことはない。……天野、坂井とふたりで、捕方たちに指図して聞き込みにあたってくれ」

隼人が言った。左島の逃走先をつきとめるのはむずかしいが、ここで待機しているよりいいだろう。それに、捕方たちの多くが、岡っ引きと下っ引きだった。聞き込みには慣れている。

「承知しました」

すぐに、天野と坂井は動いた。

天野が捕方たちを集め、逃げた左島の探索にあたることを話した。そして、捕方たちを二手に分けた。一隊は坂井が指揮して、左島が逃げた門前通りを南にむかい、通り沿いで聞き込みにあたる。もう一隊は天野が指揮し、駒形町にある浜京付近をまわるのだ。

離れに残ったのは、隼人と菊太郎、それに隼人が連れてきた八吉たち五人である。

「利助、繁吉、離れのまわりに目を配って、桑右衛門の身内らしい者が姿を見せたら取り押さえてくれ」

隼人が指示した。

「承知しやした」

利助と繁吉は、下っ引きの綾次と浅次郎を連れてその場を離れた。

「八吉、ここにいて、捕らえた者たちに目を配ってくれ」

隼人は八吉に声をかけてから、菊太郎とふたりで、栄助を奥の座敷に連れていった。

まず栄助から話を聞くつもりだった。

隼人が菊太郎を同行したのは、理由があった。菊太郎は隠居所に監禁されていたときに、左島と接する機会があったはずだ。訊問《じんもん》のやり取りのなかで、左島や仲間のことを何か思い出すのではないかという期待があったのだ。

隼人は、栄助の前に立つと、

「ここから逃げた左島を知っているな」

穏やかな声で、切り出した。

栄助はひどい顔をしていた。元結《もとゆい》が切れ、ざんばら髪だった。顔に青痣《あおあざ》ができている。捕方の十手か六尺棒で殴られたらしい。

「へい」

栄助はすぐに答えた。隠す気はないようだ。

「左島の逃げた先を知っているか」

隼人が訊くと、栄助はいっとき記憶をたどるような顔をしていたが、

「知りやせん」

と、首をすくめて答えた。

「塒《ねぐら》は」

隠居所でも、浜京でもないはずだ。左島には、己の塒がどこかにあるとみていい。

「塒は知りやせんが、情婦《いろ》がいると聞いたことがありやす」

栄助は隠さずに話した。

「情婦はどこにいる」

「東仲町と聞きやしたが、あっしは行ったことがねえんでさァ」

「左島は、その情婦をかこっているのか」

「小料理屋をやっていると聞きやした」

「何という店だ」

東仲町は浅草寺の雷門の前の広小路沿いにひろがっており、料理屋、料理茶屋、小料理屋などが多かった。それに、東仲町はひろいので、小料理屋というだけでは、探しようがない。

「店の名は、聞いてねえんで」

栄助が小声で言った。

それから、隼人は情婦の名も訊いたが、栄助は知らなかった。

隼人は栄助を戸口近くの座敷にもどし、つづいて桑右衛門を連れてきた。

桑右衛門は腹を左手で押さえ、苦痛に顔をしかめていた。隼人に峰打ちで打たれたところが、まだ痛むらしい。

「桑右衛門、左島のことで訊きたいことがある」

すぐに、隼人は切り出した。

桑右衛門は低い呻《うめ》き声を洩らしただけで、何も言わなかった。

「左島は、ここから逃げた。おまえを見捨ててな」

「……！」

桑右衛門が、憎悪に顔をゆがめた。

「左島は、どこへ逃げた」

隼人が桑右衛門を見すえて訊いた。

「知るか！」

桑右衛門が吐き捨てるように言った。

「左島が助けに来るとでも、思っているのか。左島は、おまえの隣りの座敷にいたのだぞ。あのとき助けに来れば、おまえも逃げられたかもしれん。……ところが、左島はおまえのいる座敷を見ようともせず、ひとり、部屋から飛び出して裏手から逃げた」

「あの野郎！」

桑右衛門の顔が憤怒《ふんぬ》にゆがんだ。

「左島はどこへ逃げた」

「……」

桑右衛門は口をつぐんだまま虚空《こくう》を睨《にら》むように見すえていたが、

「情婦のところかもしれねえ」

と、低い声で言った。

「小料理屋の女将《おかみ》か」

「栄助から聞いたのか」

「そうだ。……何という小料理屋だ」

隼人が、あらためて小料理屋の名を訊いた。

「何という名だったかな……」

「女将の名は」

「およねだ」

「その小料理屋は、東仲町のどこにある」

「広小路から、路地に入ってすぐだ。たしか、店の前に古くからやってるそば屋があったな。行けば分かるはずだ」

「そば屋な」

隼人も、そば屋を目安に行けば、小料理屋も分かるだろうと思った。

そのとき、黙って聞いていた菊太郎が、

「左島が隠居所で、およねのことを話していたのを耳にしたことがあります」

と、身を乗り出すようにして言った。

菊太郎によると、監禁されていた小屋に左島が様子を見に来たとき、下働きの男におよねのことを話したという。そのとき、左島は、おれの女だ、と口にしただけで、くわしいことは話さなかったそうだ。

「左島は、その小料理屋にいるとみていいな」

隼人が言った。

それから隼人は、平吉とおまき、それに勝助《かつすけ》という若い衆からも話を訊いた。平吉と勝助は知らなかったが、おまきは、女将の名がおよねということを知っていた。おまきは、左島と話したことがあるらしい。

二

隼人たちは、捕縛した桑右衛門たちを残したまま離れから出られなかったので、天野たちがもどるのを待った。

九ツ（正午）ちかくなって、先に坂井たちがもどり、小半刻（三十分）ほどして天野たちが帰ってきた。

坂井も天野も、左島の逃走先はつかめなかった。ただ、坂井が、「左島には情婦《いろ》がいるらしい」との情報をつかんできた。

「情婦のことは、桑右衛門たちから聞いて分かったよ」

隼人は、かいつまんで桑右衛門から聴取したことを話した後、

「これから、東仲町へ行ってみるつもりだ」

と、言い添えた。

「われらも、同行します」

天野が言った。

「いや、相手は左島ひとりだ。おれたちだけで行く」

隼人は、菊太郎と八吉、それに手先として使っている利助たち四人の名を口にした。それだけでも、総勢七人である。

「天野と坂井は、捕らえた桑右衛門たちを大番屋へ連行してくれ。騒ぎが大きくならないように、裏通りをたどるといいな」

「そうします」

天野が言うと、坂井もうなずいた。

隼人は天野たちを見送った後、離れから賑やかな門前通りに出た。そして、浅草寺の雷門の前につづく広小路を左手にむかって歩いた。広小路沿いにつづいているのが、東仲町である。

広小路は賑わっていた。浅草寺の門前なので参詣客が多いようだが、遊山客らしい男の姿も目についた。

隼人たちは東仲町の近くまで来ると、広小路沿いにあった料理屋に立ち寄り、対応に出た女将にそば屋が近くにないか訊いてみた。

「そば屋なら、この先の路地を入ると、すぐにありますよ」

女将によると、広小路沿いに白粉《おしろい》屋があり、その脇に路地があるという。また、そば屋の名は笹浜《ささはま》だそうだ。

「行ってみよう」

隼人たちは料理屋を出ると、広小路をさらに歩いた。

「旦那、あそこに白粉屋がありやす」

利助が広小路の先を指差した。店の看板に白粉、髪油と記してあった。白粉だけでなく、髪油も売っているらしい。店先に、娘が三、四人たかっていた。

白粉屋の前まで行くと、脇に路地があった。

「ここだな」

隼人たちは、路地に入った。そこは狭い路地だったが、人通りは多かった。広小路から流れてきた人たちらしい。

路地沿いに、一膳めし屋、飲み屋、そば屋などの飲み食いできる店が並んでいた。

「笹浜という老舗《しにせ》のそば屋だったな」

隼人は路地沿いの店に目をやりながら歩いた。

「あの店ですぜ」

繁吉が、路地沿いの二階建ての店を指差した。店先の掛看板に「蕎麦《そば》きり　笹浜」と書いてあった。

隼人は、すぐに笹浜の向かいの店に目をやった。

「あれだ」

小料理屋があった。掛看板には「御料理　ふくや」とあった。店先に暖簾《のれん》が出ていた。店はひらいているらしい。

念のため、隼人は近くの店に立ち寄り、ふくやの女将の名を訊いた。およねとのことだった。

「まちがいない。この店だ」

隼人がふくやに目をやって言った。

店のなかから、男の談笑する声と嬌声《きょうせい》が聞こえた。客と女将の声らしい。

「どうしやす」

八吉が訊いた。

「踏み込んで、左島と斬り合うわけにはいかないな」

店のなかは、おそらく狭いはずだ。それに、女将の他に客もいるようだ。踏み込めば大騒ぎになり、また左島に逃げられる恐れがあった。

「あっしが、やつを店の外に連れ出しやしょうか」

繁吉が言った。

「どうやって、連れ出す」

「あっしは、左島に顔を見られてねえんでさァ。桑右衛門に頼まれて来たことにしときますよ」

「うむ……」

隼人はいっとき黙考していたが、

「繁吉、やってみてくれ。おれたちは、笹浜の脇に身を隠している」

隼人は、繁吉が左島を店の外に連れ出したら、飛び出そうと思った。隼人は八吉や利助たちに、付近に身を隠していて、左島が店の外へ出たら取り囲むように指示した。ここで、左島を逃がすわけにはいかなかった。

「行きやすぜ」

繁吉がふくやに足をむけた。

すぐに、隼人と菊太郎は、笹浜の脇に身を隠した。八吉と綾次は、ふくやの脇にまわった。利助と浅次郎は通行人を装い、左右に分かれて路傍に立った。繁吉が左島を連れ出したら、四方から一斉に走り寄って取り囲むのである。

隼人は袴《はかま》の股立《ももだち》をとり、いつでも飛び出せる態勢をとって、繁吉が左島をふくやから連れ出すのを待った。

ふいに、ふくやの入口の格子戸があいた。店先に繁吉があらわれ、つづいて左島が姿を見せた。

左島は店先で足をとめた。そして、警戒するように路地の左右に目をやってから、繁吉につづいてふくやの店先から離れた。

そのとき、ふくやの脇にいた八吉と綾次が路地に出て、左島の背後にまわった。まだ、左島は気付いていない。八吉が懐から鉤縄《かぎなわ》を取り出し、綾次は十手を手にした。

……いまだ！

隼人が笹浜の脇から飛び出した。

菊太郎がつづき、路地の路傍に立っていた利助と浅次郎が左右から走り寄った。

左島が驚いたような顔をして足をとめた。左島は周囲に目をやり、走り寄る男たちに気付くと、慌てた様子で腰の刀に手をやった。

隼人は、左島の正面に立った。菊太郎は、隼人からすこし身を引いている。八吉が背後に、利助と繁吉が左右にまわり込んだ。綾次と浅次郎は、すこし間をとっている。

通りかかった者たちは、左島と隼人たちの間で斬り合いが始まるとみたらしく、慌てて逃げ散った。

三

「左島、逃がさんぞ」

隼人が左島を見すえて言った。

「多勢で、待ち伏せか」

左島が周囲に立った男たちに目をやりながら言った。逃げ場を探したのかもしれない。

左島は、その場から動かなかった。いや、動けなかったのである。

左島の左右にいる利助と繁吉は、十手を手にしていた。背後の八吉は鉤縄を懐から取り出し、いつでも鉤を投げられる体勢をとっている。

「抜け！」

隼人が声をかけ、左手で鍔元《つばもと》を握って兼定《かねさだ》の鯉口《こいぐち》を切った。

「やるしかないようだな」

左島は腰に帯びた刀の柄《つか》に手を添えた。

「いくぞ！」

先に、隼人が抜いた。

すかさず、左島は抜刀し、すぐに、刀身をだらりと下げた。下段くずしと称する構えである。左島の構えには、覇気も殺気も感じられなかった。顔も無表情で、ぬらりと立っている。

隼人はすぐに八相《はっそう》に構えた。左腕を斬られないように両腕を上げ、八相から袈裟《けさ》に斬りおろそうとしたのである。

左島は、無表情のままだった。すでに、隼人と立ち合ったことがあり、そのときも隼人は八相に構えたので、驚きはなかったようだ。

左島はゆっくりとした動きで、下段に構えた刀身をすこし上げ、切っ先を隼人の下腹辺りにつけた。低い中段である。

ここまでの左島の動きは、以前対戦したときと同じだった。だが、左島の動きはそこでとまらなかった。

左島は低い中段から、切っ先を上下に動かし始めた。下段と低い中段の間で、切っ先が小刻みに上下している。

「この構えは！」

隼人は、左島の切っ先が目にとまらなかった。これでは、間合も斬撃の起こりも読めない。

「これも、下段くずしだ」

左島が低い声で言った。以前見せた下段の構えを変化させたようだ。

「いくぞ！」

左島が先《せん》をとった。足裏で地面を摺《す》るようにして、ジリジリと間合を狭めてくる。

隼人は左島との間合が読めなかった。

隼人は後じさった。左島と対峙《たいじ》していられなかったのだ。左島の寄り身が、しだいに速くなってきた。

……このままでは、斬られる！

と察知した隼人は、左島の切っ先を視界からはずした。視点を定めず、左島の全身を遠くから見るようにした。遠山《えんざん》の目付《めつけ》と呼ばれる目の付け方である。

すると、隼人の心の高揚が収まり、左島の気の動きと間合が読めるようになった。

左島は、ジリジリと一足一刀の斬撃の間境《まざかい》に迫ってくる。

斬撃の間境まで、あと半間――。

と、隼人が読んだとき、ふいに左島が寄り身をとめた。間合が狭まっても動揺しない隼人を見て、このまま踏み込むのは危険だと察知したようだ。

左島は切っ先を上下に動かしながら、足も前後させ始めた。そうやって、隼人に間合を読ませず、すこしずつ間合をつめてきた。

それでも、隼人は動じなかった。遠山の目付で、左島との間合を読んでいる。

ふいに、左島の寄り身がとまった。斬撃の間境まであと一歩――。

イヤアッ！

突如、左島が裂帛《れっぱく》の気合を発し、下段から斬り上げた。

……間合が遠い！

と、感知した隼人は、わずかに身を引いただけだった。頭のどこかで、この仕掛けは左島の誘い、と察知したのだ。

次の瞬間、左島の全身に斬撃の気がはしった。

踏み込みざま、袈裟へ——。

迅雷《じんらい》のような斬撃だった。

一瞬、隼人は身を引いた。体が勝手に反応したといってもいい。

左島の切っ先が、隼人の左肩先をかすめて空を切った。

次の瞬間、隼人は一歩踏み込みざま刀身を横に払った。

……とらえた！

隼人は頭のどこかで感じた。

左島は背後に大きく跳んで、間合をとった。左島の右袖が、横に裂けていた。あらわになった右の二の腕に血の色があった。横に払った隼人の切っ先が、左島の腕をとらえたのである。

左島はふたたび下段に構えると、

「かすり傷だ」

と、つぶやいて薄笑いを浮かべた。だが、目は笑っていなかった。双眸《そうぼう》に射るようなひかりが宿っている。

「左島、手を引け！　うぬの下段くずし、見切った」

隼人は八相に構えたまま言った。

「まだだ」

言いざま、左島はふたたび低い中段から切っ先を上下に動かし始めた。

だが、さきほどより、上下に動かす幅が大きくなった。

隼人は左島の切っ先の動きに惑わされないように、遠山の目付で左島の全身を見るようにした。

イヤアッ！

ふいに、左島が鋭い気合を発した。気当《きあ》てである。気合で、相手を動揺させようとしたのだ。

だが、隼人は平静だった。しかも、左島が気合を発した一瞬の隙をとらえた。つつッ、と素早い動きで左島との間合をつめ、一足一刀の斬撃の間境に迫った。

刹那《せつな》、隼人と左島の全身に斬撃の気がはしった。

イヤアッ！

トオオッ！

ふたりの鋭い気合がひびき、ほぼ同時に体が躍り、閃光《せんこう》がはしった。

隼人が踏み込みざま袈裟へ。

左島は下段から刀身を撥《は》ね上げた。

ザクリ、と左島の小袖が肩から胸にかけて裂けた。隼人の左袖も裂けている。

次の瞬間、ふたりは後ろに跳んだ。そして、大きく間合をとり、ふたたび八相と下段に構え合った。

左島のあらわになった胸が斬り裂かれ、ひらいた傷口から血が迸《ほとばし》り出た。一方、隼人の左の前腕にも、血の色があった。だが、浅手のようだ。

左島は背後に身を引き、下段に構えたが、腰がふらついていた。体も顫《ふる》えている。

隼人は八相に構え、

「左島、刀を引け！　勝負あった」

と、声をかけた。

「まだだ！」

言いざま、左島は摺り足で間合をつめてきた。

だが、腰がふらつき、構えがくずれていた。胸の傷口から血が流れ出、胸から腹部にかけて、小袖を赤く染めている。

　ふいに、左島が寄り身をとめた。一足一刀の斬撃の間境の一歩手前である。

「死ね！」

　叫びざま、左島は一歩踏み込み、下段から斬り上げた。気攻めも牽制《けんせい》もない捨て身の攻撃である。

　刹那、隼人は身を引きざま、八相から刀身を横に払った。

　左島の切っ先が、隼人の左肘《ひだりひじ》辺りを掠《かす》めて空を切り、隼人の切っ先は、左島の首をとらえた。

　ビュッ、と、血が赤い筋になって飛んだ。

　隼人の切っ先が、左島の首の血管《ちくだ》を斬ったのだ。

　左島は血を噴出させながら、よろめいた。そして、足がとまると、腰からくずれるように転倒した。

　左島は俯《うつぶ》せに倒れ、四肢を動かして這《は》おうとしたが、首を擡《もた》げることもできなかった。いっときすると動かなくなった。体がぐったりし、呼吸の音が聞こえなくなった。

「死んだ……」

　隼人がつぶやいた。

　そこへ、菊太郎や八吉たちが走り寄った。

「左島は、どうしやす」

と、八吉が訊いた。

「このままにしてはおけないな」

隼人が周囲に目をやって言った。

路地には、大勢の野次馬たちの姿があった。巻き添えを食わないように、遠方に集まっている。

「左島は、およねにまかせよう」

隼人はふくやの店先に目をやった。

女将らしい女と男が三人、店先に立ってこちらに目をむけている。男は客であろう。

「いくぞ」

隼人が八吉たちに声をかけた。

四

エイ！　ヤアッ！

菊太郎の気合がひびいた。

菊太郎は組屋敷の縁先に出て、木刀を振っていた。菊太郎の顔は紅潮し、汗がひかっている。

隼人は縁先に腰を下ろし、茶を飲みながら菊太郎の素振りを見ていた。

七ツ半（午後五時）ごろである。隼人と菊太郎は奉行所から帰ると、着替えて庭に出たのだ。

久し振りで、隼人は菊太郎の相手になっていたが、おたえが茶を淹《い》れてくれたので、縁側に来て腰を下ろしたのだ。

「菊太郎、すこし休んだら。お茶が冷めますよ」

おたえが、菊太郎に声をかけた。

「もう、すこし」

菊太郎は木刀を下ろさず振りつづけている。

「好きなようにやらせておけ。いまが、伸びざかりだ。それに、今回痛い目に遇《あ》って、剣の大切さが分かったろう」

隼人は、目を細めて茶をすすった。

そのとき、戸口で足音がした。菊太郎は木刀を下ろして戸口を覗《のぞ》き、

「天野どのです！」

と、声を上げた。

「ここへ、呼んでくれ」

座敷で話すより、縁先の方が気持ちがいいだろう、と隼人は思った。

菊太郎はすぐに戸口にまわり、天野を連れてもどってきた。天野は巡視の帰りらしく、羽織の裾を帯に挟んでいた。巻羽織と呼ばれる八丁堀同心独特の格好である。

「天野、ここに腰を下ろしてくれ」

隼人は自分の脇に手をむけた。

「茶を淹れましょう」

慌てて、おたえが立ち上がった。

天野は縁先に腰を下ろすと、

「剣術の稽古ですか」

菊太郎に目をやって訊いた。

菊太郎は、額に浮いた汗を手の甲で拭いながら、隼人の脇に腰を下ろした。

「まだ、棒振りだ」

隼人はそう言った後、

「天野、何かあったのか」

と、声をあらためて訊いた。天野が巡視の帰りに立ち寄ったのは、何か知らせることがあったからだろう、と隼人はみたのだ。

「いえ、何かあったわけではありません。今日は巡視を早く切り上げて、大番屋に立ち寄ったのです。峰崎《みねざき》さまに、吟味の様子を訊いてみようと思って」

天野が言った。

峰崎綾之助《あやのすけ》は、吟味方与力だった。捕らえた桑右衛門や彦蔵たちの吟味にあたっていたのだ。

隼人たちが、桑右衛門たちを捕らえてから半月ほど経《た》っていた。吟味も、だいぶ進んだはずである。

「それで、どうなった」

隼人も、吟味の様子が知りたかった。

「桑右衛門は、当初口をひらかなかったようですが、ちかごろ話すようになったそうです」

「隠してもどうにもならないからな」

「やはり、藤木屋の離れで聞いたとおり、桑右衛門が殺し屋たちの元締めでした」

「それで」

隼人は話の先をうながした。すでに、桑右衛門が元締めであることは知っていた。

「桑右衛門は、左島と彦蔵、それに、猪之助を新たに殺し屋として使うつもりだったようです」

「それだけ、殺しの依頼があったからだろうな」

「桑右衛門の話では、依頼人が来るのを待つだけでなく、殺しを依頼したい者を探して声をかけていたようです」

天野が峰崎から聞いた話によると、桑右衛門は、浜京に客としてやってくる金のありそうな商家の旦那の席に顔を出し、話に耳をかたむけて揉《も》め事や強い恨みを持っているかどうか探っていたという。そして、この男なら大金を出すとみると、ひそかに接触して殺しを持ち掛けたそうだ。

「むろん、それだけでなく、揉め事の噂《うわさ》を耳にすると、子分に探らせることもあったそうです」

「桑右衛門が並木町の藤木屋を手に入れようとしたのも、金持ちの客が多いからではないかな」

隼人が言った。

桑右衛門は藤木屋には金持ちの客が多いうえに、殺しの相談ができる離れもあることに目をつけ、強引に手に入れようとしたのではあるまいか。

「そのようです」

天野が言った。

「桑右衛門の罪は重いな」

「獄門はまぬがれない、と峰崎さまは口にされていました」

「仕方あるまい」

隼人も、桑右衛門は獄門だろうと思った。

それから天野は、先に捕らえた彦蔵や猪之助、それに離れで捕らえた栄助たちの処罰についても口にした。

峰崎が天野に話したことによると、彦蔵や猪之助のように殺しに手を染めた者は、厳罰をまぬがれないし、他の者はどれだけ殺しにかかわったかで罪の重さが変わってくるという。

「そうだろうな」

隼人が、うなずいた。ただ、捕らえた者の吟味と処罰は、隼人たちのかかわることではないので、黙って聞くだけである。

そのとき、縁側に面した座敷の障子があいて、おたえが顔を出した。

「お茶がはいりましたよ」

おたえは、隼人、天野、菊太郎のお茶を差しかえると、菊太郎のそばに腰を下ろした。男たちの話にくわわるつもりらしい。

「菊太郎さんは、あんなことがあったあとでも剣術の稽古に熱心ですね」

天野がおたえに目をやって言った。

「そうなんですよ。暇さえあれば、庭に出て木刀を振ってるんです」

おたえは、目を細めた。

「長月家も、安泰ですね。いい跡取りができて」

そう言って、天野は膝の脇の湯飲みに手を伸ばした。

「天野どの」

おたえが声をあらためて言った。

「なんです」

「そろそろ、お子のお話が聞けるのでは、と楽しみにしてるんですよ」

おたえが、天野の顔を見ながら訊いた。

ちかごろ、おたえは天野と顔を合わせると、子供の話を持ち出すことが多い。

「そ、それは、まだ……」

天野が照れたような顔をした。

「そう急《せ》かすな。天野はな、何事もじっくりやる質《たち》だ」

隼人がそう言って相好《そうごう》をくずすと、天野の顔が赤くなった。

本書は時代小説文庫（ハルキ文庫）の書き下ろし作品です。

時代小説文庫
と 4-34

菊《きく》太《た》郎《ろう》あやうし 剣客同心《けんかくどうしん》親《おや》子《こ》舟《ぶね》

著者 鳥《と》羽《ば》 亮《りょう》

2017年11月18日第一刷発行

発行者 角川春樹

発行所 株式会社 角川春樹事務所
〒102-0074 東京都千代田区九段南2-1-30 イタリア文化会館

電話 03(3263)5247[編集] 03(3263)5881[営業]

印刷・製本 中央精版印刷株式会社

フォーマット・デザイン＆シンボルマーク 芦澤泰偉

ISBN978-4-7584-4133-9 C0193
http://www.kadokawaharuki.co.jp/[営業]
fanmail@kadokawaharuki.co.jp[編集] ご意見・ご感想をお寄せください。

鳥羽 亮の本

剣客同心

南町奉行所の隠密同心長月藤之助の息子・隼人は、日々剣術道場で汗を流す十七歳の若者。無口ながらも実直で、剣も手練れの父を見て育った隼人は、藤之助のような同心になりたいと感じていた。だがその矢先、藤之助は、事件の探索中に謎の刺客に襲われ、帰らぬ人となってしまう。父が追っていた事件は、なんだったのか。父の仇を討つため、隼人は事件を追うことを決意するが——。傑作時代長篇、待望の文庫化。　（全二巻）